30

Giuliana Morandini

CAFFÈ SPECCHI

Prefazione di Antonella Gargano

a la Famee Furlane
di Toronto
con molta ammirazione
Giuliana Morandini

MARIETTI *I ROMBI*

Servizi editoriali: Arta snc, Genova

I Edizione Bompiani, Milano 1983
II Edizione Mondadori-De Agostini, Milano 1993
III Edizione 2003

e-mail marietti1820@split.it

ISBN 88-211-6319-9

Indice

Prefazione
Dietro gli specchi di Giuliana Morandini

Déplacement, spiazzamento continuo, e in più di un senso: sembra questo il congegno che regola il romanzo di Giuliana Morandini. A cominciare dal titolo, che cita il caffè triestino e insieme apre ad altri specchi, alle trasparenze di vetrate gelate dalla bora e di cristalli boemi collezionati in bacheche, ai riflessi di occhiali spesso presenti, più volte dimenticati, o ai giochi dei rispecchiamenti tra identità diverse. Perché Katharina Pollaczek, entro un incompiuto intreccio da 'giallo', è un po' anche la ragazza serba assassinata, con la quale un involontario rispecchiamento di gesti determina una forma di identificazione e di appropriazione.

Spiazzante nel romanzo è il contrasto tra quell'assenza di colori – una dominante tonalità lattiginosa e opaca che è, appunto, dei vetri, delle nebbie, del biancore della città – e l'improvviso esplodere di tinte sgargianti in gonne di zingare e tessuti preziosi. Un contrasto orientato e polarizzato verso la gamma cromatica dei rossi che, dal ruggine di un pullover al violetto delle pietre e delle tappezzerie dell'albergo fino al rosso di una sciarpa, intervallano simbolicamente e sfacciatamente la storia.

Tra il disagio reale di Katharina, le sue visioni allucinatorie e i suoi sogni i passaggi sono spesso appena percettibili e avvengono senza soluzione di continuità: sorprende il senso di derealizzazione che avvolge i movimenti della protagonista nel tempo (effettivo?) della narrazione e sorprendono allo stesso modo, in questa ininterrotta *rêverie*, i contorni nitidi di alcune scene (probabilmente) oniriche. Così ci si interroga, ad esempio, se l'oltrepassamento del mare e l'orizzonte algerino non siano più una sorta di miraggio che un vero raggiungimento, e se quella bambola di celluloide priva di occhi, fatta scivolare giù da una finestra appesa a un cordone, appartenga alla vicenda vissuta nel presente da Katharina o non sia piuttosto il materiale di un sogno nella assolutezza della sua forma eidetica, o magari la figurazione di un fantasma affiorato dal passato della donna.

Una città, precisissima nei dettagli e nella toponomastica (ma taciuta nel nome), si offre come quinta naturale per la ricerca di Katharina. Ma anche se Trieste sembrerebbe dover dare un ordine al suo vagabondaggio imbrigliandolo e incanalandolo nel reticolo urbanistico teresiano, le geometrie, al contrario, finiscono per disorientare e la traiettoria è, in ultima analisi, centrifuga. Il punto in cui Katharina ritrova se stessa e una terra sua è solo là dove il paesaggio si fa irregolare, tra i sentieri carsici, dentro una «geologia di catastrofi». Non è un caso che il viaggio (reale o immaginato che sia) si concluda in un altro deserto, quello africano spazzato da un vento «senza sonno», come la bora che «ritorna sempre» con cui si apre il romanzo e con cui si avvia il percorso all'indietro nella memoria. Quanto più, infatti, sembra che gli spostamenti fisici avvengano entro una mappa concreta e si servano di punti di riferimento esatti e riconoscibili, tanto meno questi ultimi 'significano' Trieste. Qui i luoghi geografici sembrano avere un po' la funzione di quella "amata perduta" a cui il praghese Johannes Urzidil si richiamava nel 1956, definendo con tale espressione un luogo dell'assenza, del ritrovamento e della riconquista, che 'significava' Praga, ma, insieme, una palla perduta dietro il muro di un giardino, un compagno di banco o una terra ai confini della Boemia.

Vicenda fondamentalmente interiore, e non solo per l'assenza di comunicazione che relega molta parte della storia nella zona dei pensieri più che in quella delle parole della protagonista, *Caffè Specchi* allinea incontri stravaganti, che restano sospesi o spesso non conclusi e accadimenti che sfuggono a ogni senso di scansione temporale nella fissità di un unico presente.

Proiettata su un fondale di architetture come quelle della 'didascalia' (o fotogramma) di apertura, delle arcate, delle statue e dei «frontoni senza tempo», la dimensione enigmatica e metafisica del romanzo suggerisce iconograficamente paesaggi e spazi dechirichiani, forse per i veicoli che paiono senza conducente, per gli oggetti quotidiani decontestualizzati e ingigantiti e, forse, per le figure di uomini – manichini, sagome e marionette –, sia che sembrino come appesi a un uncino o che prendano forma con il soffiare del vento. In *Caffè Specchi* il profilo della città potrebbe essere letto come una retrofotografia della realtà, nel senso che a essa aveva dato ancora lo stesso Urzidil, definendo «avvenimenti, caratteri e sensazioni» di alcuni suoi racconti «retrofotografie fedeli al vero di fatti reali». Non è tanto nella curiosità per il 'rovescio' delle facciate, per cui Katharina si chiede cosa nascondano e cosa coprano le «pose», ma è ancora prima, nel laboratorio della Morandini che si ritrova la sua retrofotografia, se il romanzo, come ha dichiarato l'autrice, «ha richiesto sopralluoghi accurati, letture protratte sull'ambiente, una documentazione» e se, contemporaneamente, il problema «riguarda semmai una concezione di realtà che muove la ricerca. È una realtà non sistematica, complessa, che appare deformata, ma anche arricchita dal gioco degli specchi». Il discorso letterario di

Giuliana Morandini si costruisce su questo rapporto tra mondo della invenzione e mondo fedele al dato reale, come del resto lei stessa ha detto in una conferenza tenuta ad Amburgo nel 1984: «Il mio obiettivo non era quello di far apparire un'atmosfera come astratta e irreale. Ho cercato di descrivere tutto con l'amore per la verità di un verista. Solo che verità sono per me tutte quelle sensazioni, tutti quegli strati della cultura che si depositano sulle cose. A poco a poco scrivendo mi sono resa conto che gli oggetti, i fatti, i luoghi che descrivevo erano interiorizzazioni che si erano sedimentate nella mia coscienza in forma di catene di associazioni».

Con la sostanziale incorporeità e invadenza dei vuoti che caratterizza il romanzo stride fortemente l'apparire a tratti di una fisicità vistosa. Il corpo della città la esprime perdendo i suoi tratti allucinati e immobili quando si sdoppia in un organismo separato e completamente diverso, il quartiere del mercato, ma anche là dove la terra carsica frappone i suoi ostacoli. E il corpo della protagonista la esprime – quando accade – in modo estremo. Come assoluti sono i silenzi, esagerata è l'esposizione alla prova del dolore a cui Katharina viene sottoposta o si sottopone, con la tracolla della borsa che le scava la spalla e con le unghie che si conficcano nel cavo della mano.

Ed è proprio qui, in questi passaggi tra interiorizzazione e corporeità che si fa strada, al di là del comune terreno mitteleuropeo, una singolare analogia con una scrittrice come Ingeborg Bachmann. Se infatti il romanzo *Malina* (1971) viene definito dalla scrittrice austriaca «una avventura dello spirito», per Giuliana Morandini in *Caffè Specchi* «non interessa quanto accade nelle strade della città ma quanto si muove nel vissuto di Katharina», senza che questo tuttavia «implichi pura introspezione». Non può non venire in mente la distinzione che la Bachmann fa tra "interiore" e "intimo", dove l'azione di *Malina* «è tutta riposta nell'interiorità [...] è all'interno, ma non è assolutamente intima», perché «le grandi emozioni dell'Io non nascono mai da azioni esteriori, ma da confronti con se stessi».

Coincidente è dunque nella Morandini e nella Bachmann – di *Malina* e del frammento *Der Fall Franza* (*Il caso Franza*, 1966/1978) – la dislocazione della trama in un 'altrove', e coincidente è non solo quello che questo altrove comprende ma anche ciò che esso taglia fuori. L'assenza di un *plot* nel senso tradizionale del termine, o per meglio dire il suo svuotamento di significato, viene esplicitato nel *Caso Franza* come momento poetologico, in un *Prologo* dove la trama è tutta data, negando dunque anche l'elemento della *suspense* a quello che potrebbe essere letto come un *thriller*. In *Caffè Specchi* il motivo per il viaggio di Katharina viene indicato dalla stessa protagonista con precisione e ripetuto con insistenza a se stessa e alle persone che incontra, anche qui con una esplicita funzione di 'sommario'. Ma poi la storia sembra smentire Katharina, quel "motivo preciso" – l'incontro con l'avvocato Osermann – viene ridotto a un brevissimo dialogo che occupa le ultime pagine del romanzo e a restare è soltanto l'ossessività di una ripetizione di intenti.

Trieste, come la terra di Galizia per Franza, dovrebbe essere un ritorno alle origini, segnato da un'analoga ricerca di nomi entro un cimitero. Eppure, a impedire la riappropriazione del passato è – per dirla con il vocabolario bachmanniano – una sorta di "danno tardivo", riconducibile alle violenze del marito di Katharina molto simili alla lucida follia del marito di Franza. Il sintomo di questa malattia – più appariscente per Katharina, più simbolico per Franza – è l'afasia che impedisce l'articolazione o, una volta superata l'*impasse* fisica, crea situazioni di non-comunicazione. Ma la sindrome del 'danno' è più complessa, e se Franza parla della sua "desquamazione", in Katharina, la donna dagli occhi troppo chiari, è ricorrente e ossessiva la paura della cecità. Pensando alla figura di Miranda nel racconto *Ihr glücklichen Augen* (*Occhi felici*, 1969) della Bachmann, che gioca invece la carta della miopia come tecnica di sopravvivenza proprio perché ha paura di vedere, sarà chiaro come qui si tratti di due diversi segnali di un identico rapporto turbato con la realtà. Tanto per Franza che per Katharina, insomma, il rapporto con il reale e con la propria soggettività passa innanzitutto attraverso il linguaggio, e si direbbe proprio in quel senso lacaniano analizzato dalla Morandini nel suo saggio su Beckett, come «coincidenza di parole e di corpo».

Qui il senso del plurilinguismo della Trieste di Katharina e il vagare tra le lingue dell'interprete di *Simultan* (*Simultaneo*, 1968) della Bachmann si incontrano con il recupero del polacco come linguaggio dell'infanzia legato a una vecchia tata in *Angelo a Berlino* (1987) di Giuliana Morandini e della lingua come 'casa' della poesia bachmanniana *Exil* (*Esilio*, 1957). La condizione e il "vissuto del confine", la memoria del *limes* geografico ed esistenziale costituiscono del resto un elemento forte in questa affinità tra la Bachmann, nata in un «angolo di tre paesi, tra sloveni, italiani e austriaci germanofoni» e la friulana Giuliana Morandini.

Altre e numerose potrebbero essere le consonanze siglate da figure equivalenti: il bianco tendone conciliante del finale e la tenda dello sposalizio nel deserto di Franza, l'eliminazione della vecchia cavalla e l'uccisione di un cammello, o ancora i meccanismi di identificazione con le vittime attraverso simbolici cerimoniali di vestizione. Ma c'è un'idea nel romanzo di Giuliana Morandini, in cui sembra quasi di ritrovare lo specchio (di un lago e, insieme, in un lago) di una poesia della Bachmann, che «chiaro e spesso,/ scintillante di dolore,/ ci vuole mostrare gli abissi», e che va a scavare nel rapporto tra trasparenza e materia opaca, tra «limpidezza e offuscamento». Una suggestione che viene da lontano, dai "cristalli di Vienna" del primo romanzo della Morandini (1978), e arriva, all'indietro, ai "lucenti vetri" di Umberto Saba, su cui come «superfici di trasparenza e di riflessione che mantengono un cuore di opacità» non a caso la scrittrice ha aperto un suo intervento dedicato al poeta triestino. È proprio qui, in questo 'segreto d'officina' dei cristalli, mimetico rispetto al processo di affioramento della memoria, il nucleo profondo del *Caffè Specchi* di Giuliana Morandini.

Antonella Gargano

Caffè Specchi

Capitolo I

Nel pallore della città, dei palazzi affacciati al mare, scorse una cupola verde, isolata. Riconobbe le colonne corrose dalla salsedine, le statue ritagliate nel cielo.

Solo quando la macchina scura si fermò davanti all'albergo, esitò. Avrebbe voluto proseguire, ma il taxista aveva scaricato la valigia.

L'uomo che incontrò indossava una divisa ampia. Sembrava appeso a un uncino, o era solo dimagrito. Stava un poco curvo, e quando cercò con fatica gli occhiali rotondi, nella tasca posteriore dei pantaloni, scostò la falda della divisa.

Rimase ferma, con la grossa borsa a tracolla, sentiva il gancio che si conficcava nella spalla. La carne in quel punto aveva già un livido. Cambiare posizione le era divenuto impossibile. Era nello stato d'animo di quando si è preso un colpo fisico, all'improvviso, e non vi è nessuna reazione se non l'immobilità.

Le parve che qualcuno la spingesse in avanti, o era l'aria della vetrata girevole. La bussola ruotava come il cilindro di un apparecchio ottico. La sacca le scivolò e la trascinò all'office.

La rassicuravano i volti sconosciuti che le passavano davanti. Una figura allampanata d'inglese la precedette:

«Good morning, I wonder if you have a single room with bath»[1].

Come se non volesse spezzare l'indifferenza che la lingua inglese le procurava, ella proseguì:

«My name is Katharina Pollaczek. Last night Mister Osermann reserved a room for me. Would you mind checking my name?»[2].

«I've just noticed your name, because it's a very strange one»[3], rispose il giovane, con accento scolastico. Portava dei baffetti radi e la peluria sul mento rossiccia.

«Well, it's just like any other name»[4].

Il giovane premette il campanello, ma nessuno venne. E Katharina disse:

«No, no. I can find my own way»[5].

L'accolse l'ascensore dalle inferriate fiorite. Un lento salire tra i piani vuoti e i corridoi felpati di viola.

[1] «Buongiorno, avete una stanza singola con bagno?».

[2] «Mi chiamo Katharina Pollaczek. Ieri sera il signor Osermann ha prenotato una stanza a mio nome. Potrebbe controllare, per favore?».

[3] «Ho proprio fatto caso al suo nome: è un nome molto strano».

[4] «Beh, è un nome come un altro».

[5] «No, no, trovo la strada da sola».

Al suo piano qualcuno entrava furtivo in una stanza. Vide la posizione delle ginocchia, flesse al punto da dubitare che si raddrizzassero. Salutava qualcuno importante o le ossa si erano calcificate ad arco ancora nell'infanzia.

Guardò la tenda, sbiadita. La vide gonfiarsi leggera al vento freddo che veniva dal mare. Una strana asta, simile a quelle usate nelle palestre, la sosteneva. Le venne voglia di esercitarsi nella ginnastica. Non l'avevano forse educata sin da quando aveva quattro anni a danzare? «Fa bene al corpo», dicevano, «anche se non diventi ballerina».

I passi divenivano movimenti studiati seguendo la musica, e i gesti seguivano le impronte dei piedi curvati all'insù. I minuetti erano una persecuzione; come si poteva pensare a un'infanzia beata?

«Da quest'asta si può inventare un nuovo movimento», e sorrise. «Ha i suoi lati belli stare lassù, in equilibrio sulla sbarra, in punta di piedi, toccando con la testa il soffitto. Si sente più caldo, qualcosa di dolce ti avvolge, è l'aria compressa». Le piaceva guardare le stanze a volo d'uccello. Quando sedeva e aspettava, lo faceva sempre.

La camera era stata solo ripulita, non aveva conosciuto pittori ma imbianchini frettolosi. Sì, tinta su tinta fa risparmiare colore, si usa dire. E la tinta si ispessisce sempre più. Le tinte sono come la storia: si scrive sopra, su tutto, righe nere coprono i fatti... *und Gott stehe uns bei*[6]. Si sgretolano gli stucchi e le pareti si staccano, farà parte dell'inevitabile. Importa salvare le apparenze, si dà una pulitura sommaria. Quanto si mostra non è quello che è, come nei migliori assassinii il volto di chi li ordina non si conosce, perché nulla si trasformi. «Tutto bene alla corte di Vienna. I cavalli hanno corso all'impazzata portando il corpo scoperto della polacca contessina Maria. La morte del principe è in regola. La corte si chiude nel lutto, l'imperatore ordina i preparativi per recarsi a Bad Ischl. Un altro giro di valzer. Le ballerine sulle punte continuano il cerchio magico nel vuoto, i loro gesti dettati dalla convenienza sono polvere di cipria nell'aria della notte».

Non aprì la valigia. Lasciò tutto intatto. Si lavò le mani con del sapone ruvido, la pelle si screpolò.

Ridiscese a piedi tra i piani vuoti.

Sedette davanti alla vetrata a guardare il mare.

Una donna vestita con colori vivaci e contrastanti, dal rosso al viola, attendeva d'attraversare il viale. Girò il viso senza particolare attenzione verso la ve-

[6] ...e Dio sia con noi.

trata; il volto era ancora bello, aveva zigomi larghi e occhi grigi. Katharina si sentì guardata. La donna raccolse la borsa appoggiata a terra; il vento le muoveva le gonne colorate e la sua figura ondeggiava un poco, instabile, forse non solo per il vento. Ma continuò la sua andatura lenta e si allontanò.

Il rumore del mare saliva sino alla vetrata. Il soffitto riceveva chiarore, il resto della sala era in ombra. I lampioni scuri spezzavano la linea dell'acqua e l'aria era irritata dai voli dei gabbiani.

«Il vento ritorna sempre... ma perché riprende la paura? Sì», ella cercò lontano, «quando sono arrivata in questa città...». Ritrovò la ragazza che fuggiva da quelle cose abbandonate, da quelle figure che non avevano più volto. Era partita per l'Oriente, dove si perdevano i confini e il vento ne sgretolava le tracce.

Ritornava un sogno lontano, un cielo più ampio che in qualsiasi altro luogo, una cupola dilatata da affreschi chiari. Fissava l'orizzonte, immobile nel riverbero, con apprensione, lei che amava l'azzurro e le montagne avvicinate dalla limpidezza. Ma quel mattino di luglio le nubi erano bianche e parlottavano, una più alta si inorgogliva e canzonava le piccoline sperdute. Guardava la strada, il grigio del porfido le era più amico di quella luce irriverente. Le poche cose del trucco, nella cestina di vimini da giovane sposa, le avrebbero tolto il pallore, ma i cerchi scuri intorno agli occhi non li avrebbe cancellati. Cambiava la sua vita e con insistenza popolare lei chiedeva qualche goccia umida di gioia. Ma l'azzurro era profondo sopra di lei.

«Una paura conosciuta... E quando il vento cade, si deve aspettare». Ancora qualche cosa doveva succedere, e l'incertezza, il dilatarsi del tempo la spaventavano. «Eppure sono qui per un motivo preciso», si convinse, «ho un appuntamento con l'avvocato per l'affidamento di mio figlio Friedrich».

Voleva camminare nascondendosi, cercava di farlo e grande era lo sforzo, quando altri occhi incontravano i suoi. Subiva il contatto della gente e questo l'affaticava, le aumentava il nodo alla gola. Era una certa insistenza del personale dell'albergo, nel modo in cui la osservava.

Sfuggì quegli occhi che le impedivano di pensare e di guardare il mare, sua unica voglia. Ordinò del tè con paste.

Il cameriere si avvicinò in silenzio, osservandola. Katharina cercava qualcosa da dire, ma nulla le saliva alle labbra, non riuscì ad articolare i vaghi movimenti della lingua che si ispessiva. L'uomo la guardò apertamente esigendo attenzione, ma lei continuò a fissare la vetrata, anche quando egli batté svogliatamente l'ultimo pezzo del servizio da tè e lo strisciò sul marmo verde del tavolino.

«Una riga in più», pensò Katharina.

Del latte uscì dal beccuccio, rimase fermo come un bottone di calce.

Il cameriere se ne andò e sul tappeto spesso i passi non lasciarono tracce.

Prese una pasta. «Non le mangio da tempo», pensò. Erano piatte e gelate, come di ceramica. «Sì, sono sicuramente finte... Che idea pensare all'inverno e ai dolci».

Quelle paste le mangiava da bambina. La sua casa non guardava il mare, ma giù sulla piazza. La tata Cerovka entrava qualche minuto prima della mamma, il suo sguardo chiaro preannunciava qualche decisione che la riguardava. Dietro a Cerovka veniva la mamma, si sentiva la sua voce prima della presenza nella stanza, una voce alla quale non si rispondeva che con il silenzio. Programmava il giorno, come sempre: «Oggi non uscirai con Cerovka». «Neppure per la scuola?», chiedeva, pur conoscendo la risposta le piaceva accertarsi. «No, neppure per la scuola... c'è una bora come non mai». Si soffermava solo qualche attimo, perché la voce rimanesse nell'aria, sospesa.

Katharina pregustava la scena dietro il vetro gelato. Si succhiava le dita per l'attaccaticcio dei kolaãi e a piedi nudi correva alla finestra. Schiacciava il viso contro il vetro per guardare meglio all'insù.

Nel cielo gonfio e teso al limite, solchi scuri, vene

di stagno e piombo, percorrevano la volta violacea, disegnavano in tutte le direzioni i diagrammi della bufera. Le nubi si dividevano in una mappa governata da campi magnetici.

Nella stanza il fumo delicato, non assorbito dai camini, odorava delle resine dei boschi sloveni. La stufa fischiava come se, invece di legna, vi avessero gettato dei lupi.

«Senti», Cerovka la invitava a tendere l'orecchio. «La voce scende dalla montagna».

«E di chi è la voce?».

«I fratelli del Carso sono scesi al mare per combattere e morire e la sorella li piange».

«Li aspetta sulle rocce?».

«No», raccontava paziente Cerovka, «si è gonfiata ed è diventata grande, ha volato lungo le gole... ed è la bora».

La bora si avvicinava, caricava il paesaggio con potenza. Non la si vedeva; la si riconosceva dalle case, dai tetti dove entrava da padrona; la sua furia si inorgogliva invadendo gli abbaini; le soffitte si lasciavano prendere, sedotte dalla sua impetuosa stravagante follia; le strade dietro a lei non si riconoscevano. Si mascherava da strega folle d'orgasmo mentre puliva e ripuliva la piazza del mercato. Il selciato luccicava come calvizie e le raffiche lasciavano dietro la loro rabbia un vuoto bianco. Il cielo prendeva colori freddi e smorti e i tetti sotto quelle arcate apparivano neri e curvi, pieni di attesa. E per Katharina solitaria spettatrice, sul palcoscenico selvaggio comparivano piccole figure, marionette dirette da un filo che sfuggiva alle mani del regista, si aggrappavano ai muri di pietra e i mantelli assumevano tutte le sagome bizzarre che al vento piacevano.

Il suo respiro emanava vapore e i vetri non più gelati si velavano di piccole nuvole d'acqua.

Sfiorò con insistenza il marmo, le era sempre piaciuto il freddo delle sue vene, un distacco rispetto ai pensieri. E poi le screpolature, i loro bordi friabili acuivano una infantile curiosità.

«Tocchiamo le cose», pensò, «per scoprire le scene chiuse, le sacche oltre la superficie. Si riattraversa un grande ventre e se ne ritrovano i desideri sospesi».

Sapeva misurare il vuoto che si apre dietro le cose e la pellicola dei pensieri. Se la natura rifiutava delle regole, rimaneva questa possibilità di sperimentare. Le immagini premevano anche quando un velo le ricopriva. Le stesse costruzioni della geometria sembravano collegarsi a figure antiche, a una misura delle cose che pulsioni e delusioni avevano stabilito nell'infanzia; nella separazione quelle linee consentivano di non essere annullati.

Aprì e richiuse il secchiello di cuoio. Le cose contenute ogni volta le sembravano diverse, come la ripetizione delle esperienze in laboratorio. Se non si afferrava l'esattezza era quella costanza nel verificare che rassicurava. Cercava di avvicinarsi alla fatalità che la donna poteva scoprire attraverso le carte che teneva nella borsa, così la donna colorata poteva allontanarsi.

Si guardò ancora attorno, anche lei seduta immobile come loro. «Siamo forse crisalidi», e si accertò, sfiorandosi una guancia. «Abbiamo bisogno di parole, ci restituiscono una struttura, non fa nulla se spesso scivolano attorno al significato».

Fuori il vento ricominciava il suo gioco dispettoso, si divertiva a soffiare contro la vetrata di destra e, a tempi regolari, spazzava la polvere lontano. Si perdeva la linea che chiudeva il mare e lo sforzo nel fissare diveniva inutile.

L'archeologo giunto quando gli ingegneri di Maria Theresia tracciavano il porto aveva atteso a lungo. I suoi occhi chiari scrutavano il profondo immaginando le cose sommerse. Le navi erano ferme nel porto. Il suo sogno si consumava, nessuna bellezza veniva più incontro al desiderio. Si inoltrava nei vicoli dietro il porto, trovava nelle parole nuove, scambiate nei caffè greci, le antiche. Qualcuna delle monete d'oro che portava con sé era così lucida che rifletteva le immagini come uno specchio. Girandola tra le mani egli vi scorse gli occhi del giovane che lo seguiva.

«La solitudine reca soltanto punizione», si disse, e girò bruscamente il viso verso l'interno. Il salone era immenso e lo sguardo nell'oscurità si perdeva.

Qualcuno leggeva il giornale negli appositi Zeitungsspanner[7] che, così dritti, coprivano i volti. Dietro le pagine immobili, dei corpi assopiti si potevano vedere solo le gambe e di qualcuno una mano che, alzata in penombra, sembrava di marmo.

«Ora bevo il tè», si disse, «se no si raffredda», e sentì un brivido. «La mia mano è calda e tocca il marmo. So guardare lontano».

«Il vento porta le grida dei gabbiani». Si smarriva. «Una volta devo avere gridato così... quando ho avuto il bambino». Rivedeva le porte grigie che si aprivano solo dal di dentro. Uomini dal viso bendato spingevano il carrello, sussurravano. Il ventre rigettava quelle voci. Le chiesero del marito. Con sforzo dimenticò il bruciore. Rivide il cielo azzurro, una cestina di vimini bianca. Provò ad alzare una mano, ma le braccia erano legate a un filo nel quale scorreva un liquido rosso. La porta sbatteva nel vento. Continuavano a parlare e il suo nome si allungava. Dicevano che

[7] Il termine designa, specie nell'area austriaca, la stecca di legno che, nei caffè e nelle emeroteche, si applica ai giornali per agevolarne la lettura.

mancava l'autorizzazione. «Tuttavia bisogna operare», conclusero. L'afferrarono alle spalle, il filo rosso correva veloce. Il ventre bruciava e un disco rovente si avvicinava, l'aggrediva. Uomini bendati di raggi di luna erano intorno a quel sole...

Avanzava l'ombra. Il cameriere aveva lasciato il conto sul vassoio. Non lo pagò.

Un lampione si accese. La luce improvvisa la ferì.

La goccia di latte versato sul marmo si era divisa. Due gocce candide come pupille la guardavano dal piano verde, e la mano dell'uomo in camice si alzò puntando il dito, gridava il suo nome, gli occhi non erano raggi di luna ma lame.

Il vento fuori rallentava un poco.

Avrebbe voluto che il corpo seguisse i desideri, le nostalgie. Così immobile, faticava a placare l'ansia.

Le ombre si posavano sui lettori spezzandone i contorni. Quei corpi silenziosi rispettavano la sua presenza.

I volti che l'osservavano avevano colore terreo. Pensò al cloro, amava i colori delle sostanze mescolate nella provetta. «Non cambiano», e tutte le volte si sorprendeva, «se non nell'attimo della reazione». A contatto dell'idrogeno il cloro si animava. Due mondi si abbracciavano, ma la vita dall'acido era sofferenza.

Gli uomini che non si staccavano dal regolo avevano presentato la vertigine. Il peso che sfugge alla pendenza perde l'identità. Lo sapeva un fisico sceso da Vienna, vestito da poeta. Passeggiava vicino al porto, raccontano ancora le zingare, e amava il suo mondo di carta e di numeri. «La verità», diceva, «va raggiunta per sentieri segreti». Si sorrideva di lui come se le sue tesi di fisica fossero versi allucinati in una notte di luna. La donna colorata gira le sue carte della fortuna e parla della figura allampanata che sempre più a lungo indossava gli stessi panni scoloriti. Le carte toccano il marmo del tavolino. Allora Katharina vuole sapere, e la zingara slava rigira la carta, la figura è a rovescio. «Sì», risponde la zingara, «è stato un giorno che il vento anticipò la sua stagione. Fu lo stesso giorno che il mare portò a riva una coppia di delfini uccisi». «Ah, il fisico venuto da Vienna», mormorò la gente, «se sa, il vento no se bon con chi non lo conossi!».

«Gli specchi sono dovunque...», pensò Katharina, «...da questa attenzione non si esce... è stato inutile pretendere la cecità... quando il silenzio si prolungò oltre il Carso, il contadino sloveno si ribellò al destino dell'impero e le pietre bianche rotolarono a sostenerne la voce, il loro rumore di campagna voleva spezzare quel buio ostinato».

«Inutile chiedere se sono arrivati messaggi». Guardò il giovane con i baffetti rossicci e i capelli a spazzola; sostituiva il vecchio portiere? «Leopold», ricordò, «aveva la divisa con gli alamari. Orgoglioso, portava il berretto con la visiera e la notte l'occhio della lampada sul petto». Ora le sottili rabbie del giovane portiere si esplicavano nel non trascrivere i messaggi.

Voleva sapere qualcosa di Leopold, della sua salute. «Quando tornerà al lavoro? E se dovesse finire per lasciare il suo servizio? In questo caso», pensò, «anche l'albergo non rimarrebbe a lungo in funzione».

Il giovane scuoteva a piccoli sussulti la testa rotonda come una zucca. I baffetti lisci nascondevano le labbra, sottili fessure in una parete. Diveniva difficile chiedergli qualcosa. Quella bocca non sapeva rispondere. D'altronde Katharina si era dimenticata le domande. Pensò a Leopold. «Capiva quando qualcuno aspettava dei messaggi. Se non arrivavano pareva inventarseli. Per tranquillizzare avrebbe anche dato un annuncio qualsiasi».

Subiva la vicinanza di quella presenza irritandosi per l'immobilità. Le spalle larghe si vedevano interamente, era diverso dalle sagome dei lettori.

Osservare una materia uniforme e non plasmabile la spaventava. Intanto l'attesa la frantumava.

Capitolo II

Il crepuscolo era sceso. Qualche cameriere silenzioso accendeva dei lumi sui tavoli, illuminandone solo punti circoscritti e per nulla interessanti.

Un uomo smise di leggere, appoggiò il giornale dalle pagine stese come seta. Era alto, aveva lunghe gambe insicure. Si mosse come volesse passeggiare, più che allontanarsi, incrociando le mani dietro la schiena.

Fuori un'ambulanza passò veloce.

Katharina attese che l'avvocato Osermann la chiamasse. Sarebbe venuto l'indomani. Anche Leopold avrebbe fatto ritorno.

Uscì. Seguì il riflesso della rotaia, parallelo al bordo di pietra dietro al quale l'acqua taceva. Allungò il passo. Voleva allontanarsi dal lungomare, lasciare quei volti nell'oscurità. S'inoltrò verso l'interno costeggiando il canale, dove i ventri delle barche scricchiolavano e s'urtavano.

Nel vicolo, dove finivano i blocchi di pietra ben squadrati, incontrò il cameriere Klaus. Stava uscendo da una porticina bassa. Vestito così, senza la divisa, le sembrò un'altra persona. Anche lui doveva avere la stessa impressione nel vederla fuori dell'albergo, perché parve non riconoscerla e non la salutò. Chinò solo il capo, un accenno a qualche cosa. O non gli importava fare di più. Teneva una borsa di pelle lucida sotto il braccio, l'appoggiò a terra con attenzione, per chiudere la porta. Katharina passò accanto, non lo guardò. Voleva continuare a camminare prima che scendesse la sera.

Dove il canale finiva, si allontanò nelle strade che si assomigliavano, tra le case chiare rese dal vento porose come spugne. Molti palazzi erano decorati con statue e frontoni senza tempo. Il volto della città appariva come una mostra di fotografie, si chiedeva cosa coprissero le pose, cosa nascondessero le facciate, la rete delle strade.

Camminare così era offrirsi a una ferita.

Passò davanti a un caffè. C'era rumore. Discutevano su qualche accaduto della giornata. Voleva fermarsi, ma ebbe subito la sensazione di trovarsi di fronte a qualcosa di grave che avrebbe disturbato la sua attesa.

Imboccò un altro vicolo, in salita, verso via Donota. Proseguì lentamente, anche quando da una finestra di un ammezzato uscì della musica. Era musica cattiva, incomprensibile; il violino stridulo non si sopportava, le note facevano male alla testa. Volle lamentarsi a voce alta come quando duole qualcosa.

La strada saliva stringendosi. Le finestre ai piani terreni si spiavano l'una con l'altra. Dagli scantinati uscivano odori di cibi cotti a lungo o dimenticati sul fuoco dalle portinaie, attente sugli usci a controllare gli ultimi avvenimenti.

Katharina si fermò a una latteria d'angolo. Sentiva il bisogno di una tazza di latte, era orario di chiusura e gliela rifiutarono. Voleva continuare la salita, ma il respiro era affannoso e aveva sete.

Le portiere dei numeri 15 e 18 discutevano animosamente l'accaduto del caffè al n. 9.

La portiera del 15 sembrava clemente:

«Tanto se sa, le xe tute cussì. Se tira tanto la corda fin che quei poveri omini i diventa mati».

L'intervento della portinaia del n. 18 suonò drastico:

«Ma no ti vedevi come 'l spetava. La vigniva sempre in ritardo e quel povero fio, a star là a spetar, no'l fazeva che bever».

La n. 15:

«Ma cossa vol dir bever un bicer de più? Xe la rabbia, no? Quel povereto gaveva lassà la famiglia e la mula lo gà cazà via».

Il dialogo stava crescendo, e l'odore delle pentole dimenticate la nauseava. Si era fermata un po' discosta rispetto al numero 15 come per guardare un indirizzo, quando la n. 18 disse forte:

«Torno a dir, se 'ste s'ciave le va su e zò, no se pol viver».

Le parole delle donne si confondevano come sassi nella ghiaia. Katharina sentì male allo stomaco, oltrepassò quei due numeri.

Guardò inutilmente nella borsetta per cercarvi qualcosa. La testa china sulla sacca, sentiva l'odore del cuoio acido. La mano annaspò tra gli oggetti non visibili e dimenticati, di essi assaporò il contatto a uno a uno. Erano suoi, l'aiutavano a superare quel muro tra lei e la portiera del n. 18.

Alzò gli occhi verso le finestre dei primi piani; un bambino schiacciava il naso contro il vetro. Non riuscì a vedere il volto, immaginò la faccetta larga, appiattita dalla trasparenza fredda. Le altre finestre erano chiuse, e le screpolature dell'intonaco insidiavano i contorni.

Voleva ritornare da dove era venuta senza passare davanti al n. 9. Ma la gente si assiepava, l'ambulanza trovava difficoltà per il vicolo stretto e la folla dei curiosi.

Cercò un sostegno. Andava dove la spingevano.

Era vicina, molto vicina al corpo. Si rivolse a un ragazzo:

«Lasciami passare, non voglio guardare».

«È impossibile», le rispose senza vederla. «Da questa parte c'è la barella».

Le parole erano ghiaia ruvida contro la pelle di un neonato. Ascoltò enumerare gli oggetti caduti dalla borsetta della ragazza, poche piccole cose che erano lei, un minuscolo coniglietto schiacciato dall'uomo in camice. Due figure grigie arrivarono portando un secchio di latta, svogliate lo gettarono sul selciato. Intanto il sangue era entrato negli interstizi del porfido.

Guardò il vestito della ragazza. «È semplice», pensò, «come si può portare un vestito così per morire?». Era a quadretti, le pieghe della gonna aperte lasciavano intravedere una gamba lunga e soda. Dalla tasca uscivano le sigarette e un lapis rosso.

Era giovane, doveva avere vent'anni. La gamba destra era scoperta sino all'inguine, la pelle ancora rosata. Un neo sul ginocchio era l'unico segno impresso nella lunga lamina chiara.

Katharina guardò a terra, come se stesse per cadere; sperò che qualcuno si accorgesse del suo malore. Nessuno pensò a lei.

Nel brusio affiorava un fitto incrocio di lingue e di dialetti. Figure grigie dettavano particolari inutili a un uomo vestito di scuro. La colpì il nodo della cravatta, era stretto, lucido, un neo dilatato sul petto.

Rivolse lo sguardo altrove, lontano da quelle sagome ritagliate in un cartone. Incontrò gli occhi del ragazzo, era ancora accanto. Non capiva perché, aveva la sensazione netta che le impedisse il passaggio. Era così vicino a lei, chiaro di capelli, più alto di molto, le spalle larghe e immobili, il pullover a chiazze intrecciato di lana pelosa color ruggine. L'espressione degli occhi cambiava con rapidità, dolce e poi fredda.

Fissò l'uomo dalla cravatta lucida. Il grosso neo si allargava sulla gola. Si ricordò della ginnastica respiratoria, e raccolse l'aria profondamente, per gettare fuori qualcosa di definitivo. Le narici si chiudevano, c'era troppa folla per espirare; non le sarebbe riuscito di allontanare l'aria che le gonfiava i polmoni. Il dolore riprese acuto, rinunciò. «Un'operazione inutile». L'aria ebbe così azione libera e poté ampliare il corpo. Vide il suo ventre allargarsi come una bolla di sapone.

L'uomo la guardò negli occhi deciso; forse le sue parole erano sospese e Katharina non le sentiva, o già conosceva la risposta ed era certo del silenzio.

Il ragazzo dal pullover ruggine era con lei.

Un signore grasso, dal respiro affannoso, la pelle lucida sino alla gola, la spinse forte in avanti. Il tacco della scarpa s'impigliò nella grata della fogna. Era immobile e in bilico, simile a un atleta sul punto di partire. Ebbe uno scatto di riso convulso; nessuno si accorgeva della sua difficile posizione.

La sua borsa era finita a terra, il contenuto rovesciato. Un gran numero di cose che non conosceva e che le appartenevano richiamava la sua attenzione.

Una fotografia che non guardava da tempo, ingiallita e macchiata, ritraeva il suo bambino. Non si trovava lì, in quella città, tra una folla sconosciuta, vicino a una ragazza assassinata, per quella immagine? Il chiaroscuro era stato a contatto con qualcosa di bagnato e si era dilatato formando degli aloni intorno al viso, solo gli occhi erano rimasti intatti e grandi, gli occhi di Friedrich.

Il ragazzo la sollevò quasi di peso, per toglierla da quella posizione. La scarpa rimase impigliata.

Katharina raccolse i suoi oggetti sparsi, insudiciati di fango. Qualcosa di cui non ricordava il nome era scivolato tra le fessure di metallo.

Le riuscì di liberare l'altra scarpa, riprese possesso del corpo. Appena in tempo per lasciar passare la barella, scivolava tra la folla solitaria come se nessuno la trasportasse.

E allora la vide. Osservò gli zigomi, l'ovale del viso, la bocca con il labbro superiore rotondo e gonfio.

Le dette un ultimo sguardo e pensò alla grata che aveva imprigionato il suo piede.

L'uomo dal vestito scuro chiuse il taccuino.

Capitolo III

La ciambella di teste colorate intorno al delitto si diradava. Gente incolore vagava incerta nel far ritorno alle proprie occupazioni. Una vecchia tossì nel fazzoletto e lo ripose nella borsetta, facendone scattare la chiusura metallica. Qualche donna anziana, con verdure sporgenti dalle borse, insisteva sui particolari dell'accaduto.

La proprietaria del caffè rivoleva il posto di protagonista dietro al bancone alto. Il corpo grasso vacillava un poco nel dare gli ultimi ordini per la pulizia.

L'uomo magro, che portava il secchio di latta con l'acqua schiumosa, viveva da lunghi anni accanto a quella donna dalla pelle lucida. Entrava e usciva più volte, e il volto pallido mostrava un piccolo fremito, un tic.

Ubbidiva in silenzio da tempo e ora, alle parole della donna che si susseguivano, egli rispondeva con la sua aria mesta. «Forse», si disse Katharina, «anche lui pensa che senza quella presenza il delitto sarebbe sì accaduto, ma altrove».

Il rivolo di sangue era corso lungo fessure favorevoli e parallele, si era allargato sulla maiolica davanti al gradino della porta. Una macchia dai bordi in rilievo e irregolari esprimeva la sofferenza del movimento frenato.

L'uomo si volse verso Katharina prima di rovesciare il secchio di schiuma, per rassicurarsi che nel suo sguardo non si agitassero altre lamentele. Ella sorrise e l'uomo fermò per un attimo il tic abbassando la testa.

La donna dietro al banco accelerava i movimenti nel far scattare le cifre della sua macchina e, senza seguire più l'uomo, seccamente, con la testa china, disse:

«No te ga capì mai gnente ne la vita. E adesso te cominci anche a intrigarme sul lavor».

Entrarono le portinaie dei n. 15 e 18.

La portiera del n. 18 aveva la voce stridula e le sue braccia, fino al gomito, scoprivano una flaccidità eccessiva; non era vecchia e tuttavia per le grinze e le lentiggini della pelle dimostrava di esserlo. La sua versione sul delitto divergeva di molto rispetto a quella della portinaia del n. 15, che invece esprimeva comprensione per la ragazza uccisa.

«Torno a dir», insistette la portiera del n. 18, «quel che gò sempre dito. Se quelle s'ciave le stessi a casa sua, noi stessimo meio».

Uscendo, a Katharina parve che quel braccio molle la urtasse.

Dietro la porta, nessuno aveva ancora rialzato la sedia rovesciata dalla quale la ragazza era caduta. Impigliata allo zoccolo era rimasta la sua sciarpa rossa. Katharina la raccolse, nessuno la vide e se l'avvolse alla gola. Sentiva l'umidità e attese che l'uomo terminasse con l'acqua schiumosa e le portasse del vino.

Katharina seguiva adagio il ragazzo dalle spalle robuste. Così lo chiamava tra sé, non ne conosceva il nome e non provava curiosità a saperlo. La sua figura minuta era completamente nascosta da quelle spalle.

Si era stabilito un silenzioso rapporto, e le parole non dette, o taciute, rimbalzavano tra loro come palle da tennis in un campo in disuso.

Le strade erano strette e in salita, per poi scendere all'improvviso. Il ragazzo camminava lentamente, per darle modo di seguirlo. Le lunghe gambe incedevano frenando, per lei era comunque un passo lungo che metteva in svantaggio. Ogni tanto si appoggiava alle corde metalliche che servivano per tenersi fermi contro il vento.

Si erano allontanati di molto e non raggiungevano il mare, sembrava che si fosse ritirato o non avesse mai toccato quella città. Salivano appena, lasciando gli ultimi gruppi di case e lunghi muri che cingevano cimiteri separati. Riflessi di luce fredda facevano brillare grovigli di tubature e battevano sui vetri dei magazzini. Molti dei vetri erano rotti, rettangoli scuri, carie inguaribili. Le strade ampie e deserte ferivano la collina, le distese di sassi e di stoppie non finivano mai. Oltre le gole che portavano alla montagna, apparivano le nubi.

Erano giunti. Laggiù quella lunga linea tirata con il regolo era il mare. Oltre i campi divisi e tagliati dalle croci, si ergevano, come bocche preistoriche, gli oleodotti. La linea era perfetta, il regolo non prevedeva nella sua esattezza il mutare del colore. Solo, a dispetto di tale ordine, la linea diventava grigia e le braccia paralizzate delle gru avrebbero raccolto la cenere.

Si ritrovarono in un cantiere abbandonato. Il cancello d'ingresso era sbarrato da una catena arrugginita, l'immondizia traboccava dai bidoni trascurati.

Katharina non sapeva come fossero finiti lì. Continuava il silenzio. Il ragazzo sembrava non ricordarsene e lei non faceva nulla per segnalare la sua presenza. Si era limitata a seguire i suoi passi, ora spostava lo sguardo nelle stesse direzioni e si ritrovò a compiere alcuni piccoli movimenti simili a quelli che lui faceva. Si fermò sul mucchio di mattoni abbandonati. Tolse la scarpa: il tacco difettoso, impigliatosi nella grata, si era storto e la faceva vacillare.

Il ragazzo si era distanziato, scavalcando le assi incrociate del cancello. Lo vide abbassarsi dietro a dei mucchi di pietre e di calcina. Colse il suo sguardo in lontananza, si posava su di lei per la prima volta. Si toccò il viso, giù sino al collo, ebbe l'impressione intensa che quello sguardo la facesse un attimo esistere.

Non provava curiosità per quello che il ragazzo faceva in quella posizione scomoda, non riusciva d'altronde a vedere.

Il crepuscolo segnava la lontananza.

La memoria non riconosceva luogo e momento dove fermarsi. Avvertì un gran peso alla testa, come se qualcuno la schiacciasse usando una mano robusta guantata di verde.

Non amava il crepuscolo. I suoi occhi si indebolivano a un tratto e fino a sera la vista era fragile. Vedeva gli oggetti assumere forme bizzarre. Il contrasto modificava i rapporti tra le figure; ogni zona chiara occultava le zone vicine; i contorni si sdoppiavano e linee irreali apparivano nette sul fondo cupo; i punti luminosi si riunivano in costellazioni, e, per il moltiplicarsi dei fuochi, le aureole di raggi confluivano.

Aveva consultato medici, inutilmente. L'estate trascorsa aveva avuto paura... di essere abbagliata, di non vedere...

C'era folla nella piazza di Split. Una sera d'estate. Un frusciare di lingue nascondeva la sua.

Toccò una colonna antica, voleva un silenzio lontano; il marmo era venato da scanalature e in quella rete resisteva un nucleo scuro.

Si ritrovava a pensare e a parlare frammenti di linguaggi, e nell'attraversarne i nodi diveniva estranea.

Era la stessa paura della cecità. «Le parole», diceva, «devo trovare le parole... non mi capiranno».

Entrò nello studio di un medico serbo. Parlò in inglese: eppure conosceva il serbo. Aveva necessità di una lingua definita, i suoi occhi non vedevano e lei parlava inglese.

Il medico le stava davanti e copriva la finestra. Era alto, molto più alto di lei. Ascoltava l'accavallarsi delle parole e scuoteva la testa rifiutandole. Poi freddamente chiese:

«Jeli to prvi put da vam se dogodilo?»[1].

«I don't know», disse Katharina, «I don't know. It seems now as if it happens more often. As summer comes near the pain comes back again and again. I wonder why»[2], e sedette.

Lo sgabello era alto, senza schienale. Geroglifici e lettere verticali somiglianti si spostavano, più in alto e più in basso, a tratti divenivano lettere chiare o si confondevano. Segni neri stretti e alti. Spostando lo sguardo ne modificava stranamente i rapporti. Come se riprendesse contatto con il corpo pensò forte:

[1] «È la prima volta che le succede?».

[2] «Non so. Non so. Adesso ho l'impressione che mi capiti più spesso. Con l'avvicinarsi dell'estate questa sofferenza mi ritorna continuamente. Mi chiedo perché».

«Imala sam strah uvek, jos kao devojcica, da u jednom trenutku ne bih videla vise... To je stari strah od mraka. Mozeti li mi reci tagot? Ima nesto sto nikad nisam saznala ili mi nije receno, mozda nika porodicna bolest koia pogadja oci?»[3].

Provava difficoltà a stare seduta al buio su quello sgabello. Il raggio le scrutava le pupille; un punto di luce fredda che si amplificava e rendeva incandescente, generava rose e reticoli, geometrie come stelle di mare. Intorno diffondeva un alone di radiazioni, fini, rettilinee, ben centrate. Il medico aveva occhi neri, lucidi, come specchi arabi.

Improvvisamente fu luce nella stanza.

Gli occhi neri, fermi, la guardarono. Lui piegò le spalle appena in avanti, come per raggiungerla, e disse:

«Vase oci su svetle, previse svetle. Vi to znate jel'-te? To ste zna od uvek»[4].

Katharina annuì, prese la mano del medico e l'appoggiò al viso. Le parole scivolavano dalle sue labbra come da un contenitore ripieno.

[3] «Ho avuto sempre paura sin da bambina che a un tratto non avrei visto più… È una paura antica del buio. Mi può dire qualcosa? C'è qualcosa che non ho saputo mai o che mi è stata taciuta, forse una malattia della famiglia che colpisce gli occhi?».

[4] «I suoi occhi sono solo chiari, troppo chiari. Lei lo sa, vero? La sa da sempre».

L'indomani Katharina fece ritorno in quella stanza chiara.

La luce filtrava dalle finestre basse, s'appoggiava sul divano. Una lampada disegnava dietro al paravento dei fiori di cristallo con i petali sciolti. I fiori oscillavano sospesi e la serie ben allineata aveva qualcosa di leggero. I mobili sfumavano le sagome, una macchia scura appesantiva la tappezzeria verde, Distese il corpo e gli occhi. Nella penombra comparvero baluginii, l'aria era una polvere di luce e di desiderio.

Si scosse e vide il ragazzo accanto.

«Perché non volevi guardare la donna uccisa?», le chiese bruscamente.

Le era balzato dietro le spalle. Non se l'aspettava, né la domanda né la sua figura nascosta dietro il mucchio di mattoni.

Da alcuni giorni, da quando si trovava in quella città, aveva la sensazione che i pensieri sfumassero insidiati. Le sembrava di non vedere per lungo tempo. «Sono secondi», l'aveva rassicurata il medico serbo. Ma non potevano essere secondi, perché il ragazzo aveva percorso uno spazio a partire da dove si trovava, un posto nascosto, dietro la calce divenuta pietra.

E quanto tempo era passato nello spostarsi dal luogo dell'assassinio della ragazza serba al cantiere? Allora la paura di perdere la vista al crepuscolo era legata a quell'ombra che l'assaliva. Era qualcosa che rifiutava la forma di un pensiero, aderiva al corpo e la stordiva come il ventre dell'onda quando si solleva velata di sabbia prima di scorrere e spezzarsi.

«Quando ho visto la ragazza serba?», chiese. «Non ricordo di averla vista, tu me lo impedivi. Non è vero forse?».

«No», rispose il ragazzo, «io non impedivo niente. Ero davanti a te quando è passata la barella. Ti ho aiutata a raccogliere le cose cadute dalla borsetta, la fotografia impiastricciata l'ho qui con me».

«Forse non è mia», ribatté Katharina, «non porto mai fotografie, riflettono immagini sempre diverse rispetto a quando sono state scattate, quell'attimo è sfumato come il chiaroscuro».

«Ascoltami», insistette il ragazzo, «sei in una città che non conosci o non vedi da tempo. Ti ho visto prima dell'assassinio. Uscivi da quella latteria dove non ti hanno dato il latte, le portinaie commentavano il delitto e facevano chiacchiere sulle ragazze slave».

Il ragazzo aggiunse con un sorriso triste:

«Anch'io ho molto tempo, intere giornate. Vengo qui, in questo cantiere. È strano, ma trovo sempre qualcuno. C'è un vecchio che aspetta seduto sulla calce ore e ore. Qui mi è facile parlare», e si abbandonò sul terreno ruvido, chiazzato di erba ingiallita.

Katharina notò che la sua sacca di cuoio aveva gli

angoli bucati; ne debordavano piccole monete che sarebbero cadute di lì a poco dalla fessura. Le dispiacque e lo avvertì.

Si volse a guardare dove erano lentamente saliti, lungo il fianco della collina. I tetti delle case lungo il mare le sembravano più vicini, appena sotto di loro. «Da questa parte ormai è chiaro che non si ritorna», pensò, e disse:

«Vorrei essere in città prima che scenda il buio. Ma non ti disturbare, non voglio che mi accompagni. Raccontami la strada o tracciala qui. Vicino a me c'è polvere, ma dove è posata la tua sacca la calce dura si è consumata in superficie lasciando una pellicola biancastra. Vedi, lì possiamo disegnare».

Raccolse un chiodo largo e arrugginito e mostrò come poteva irritare la terra. Poi la spianò con il dorso della mano, raccolse una lunga radice che interrompeva il quadrato e la gettò lontano.

«Perché non porti la penna con te?», chiese e, sorridendo per non dispiacergli, continuò:

«Possibile, siete tutti così eguali e credete di essere diversi. Pensate di trattenere tutto come in uno scrigno, ma le cellule si sfalderanno anche per voi. Non dobbiamo parlare... per voi è tutto inutile, silenzio. Sdegnate ogni segno e noi continuiamo a decifrare il nulla. Non ci concedete un attimo? Forse quel muro crollerebbe, che ne dici?».

«Stai dicendo queste cose e vuoi nascondere dei pensieri», ribatté il ragazzo, e la vivacità della voce diminuì la distanza tra loro. «Vi sentite offesi se non vi parliamo, non conoscete più il silenzio. Avete chiacchierato tanto e il silenzio vi pesa. Tu però mi sei simpatica».

«Quanti anni aveva secondo te la ragazza?», chiese Katharina proseguendo un discorso interno.

«Non so, mi pare di avere udito vent'anni».

«Non capisco quell'assassinio», ella disse, «ma forse è questa città che non capisco, è stato sempre difficile seguire le sue strade, le razze che vi intrecciano le lingue».

Il ragazzo non ascoltava le sue ultime parole, cercava qualcosa per fissarle il tacco. Lo richiamò:

«Non importa se la scarpa continua a traballare, troverò un calzolaio vicino al caffè».

Le fu vicino. Abbracciava un piccolo cucciolo di razza non ben definibile; si notava subito il suo pulsare, il cuore mostrava battiti affrettati e convulsi, glielo porse senza parole. «Compiere degli atti senza parole è la caratteristica che prevale in questo ragazzo», si convinse.

Raccolse dalle braccia del ragazzo il fagotto pulsante, quasi spaventata dai fremiti impazziti. Con dolcezza l'appoggiò a terra accanto ai mattoni. Ne seguì l'andatura goffa e irregolare, camminava di sbieco, in una direzione imprecisata, le zampe lo sostenevano ancora con difficoltà. La colpì lo sgomento, la tristezza negli occhi umidi nata con lui.

«Tu puoi tenerlo», disse il ragazzo con una certa durezza, difendendo la voce dalla improvvisa balbuzie di commozione, «io non posso, dove abito non vogliono nulla, nemmeno un uccellino. Sai, la gabbia nella quale l'avevo messo un giorno la trovai aperta. E tu sai che gli uccellini se non sanno volare cadono, non è vero?». Nel pronunciare queste parole la voce si spezzava. Era il volto rosso di un ragazzo in collera per un'ingiustizia non meritata.

Niente le saliva alle labbra, neppure un gesto le veniva di compiere. Era rimasta immobile, seduta sui mattoni duri e scuriti. Sentiva una pietra pungerle una coscia, e prima le era sembrato che non ci fosse quell'ago affilato che intendeva entrarle nella carne e che le mani e le unghie non riuscivano a trattenere. Provò a muovere le labbra ma la confondeva il pensiero di non poter badare a quel piccolo essere. Le dispiaceva ferire il ragazzo, egli si era allontanato e cercava di aggiustare il tacco della scarpa.

«Potremmo portarlo da qualche parte», si risolse, riunendo con esitazione le parole. La voce le usciva quasi gutturale, con inflessioni dimenticate di una lingua straniera, «ma neppure la città riconosco. Sono qui solo per alcuni giorni. Sto aspettando una persona che avrebbe già dovuto essere qui».

«In questa città?», chiese il ragazzo porgendole la

scarpa con il tacco ancora traballante. «Una strana città per un appuntamento».

«È colpa del mare», disse Katharina, «il mare, lo sai, porta lontano, e si dimenticano semplicemente di tornare».

«Sì», disse il ragazzo, «fu la mamma la prima ad andarsene. Non so di chi fu la colpa. Non li ho più visti e se mia madre ritornerà...».

«Non pensi», ella chiese, «che forse anche a lei nessuno ha dato amore?».

«Questo non mi riguarda», mormorò il ragazzo, «lei doveva saperlo». Diede uno strappo alla cinghia della sacca, già sfilacciata.

«Si troverà un rimedio», ella soggiunse, «fammi vedere quello che tieni nella sacca. Sono curiosa di vedere cosa mettete all'interno di queste sacche».

«Non possiedo nulla», disse il ragazzo, «c'è un vecchio quaderno di greco, mi piace questa lingua, vorrei vedere la Grecia. Ah sì, ho dei gettoni, ho paura di rimanerne senza. E poi la nonna mi mette sempre le pillole per il mio mal di testa».

«Non c'è più bisogno che mi tracci la strada del ritorno, la conosco, adesso la ricordo», disse decisa, «e poi ritorniamo, insieme». Tolse gli occhiali scuri e, a occhi nudi, guardò il ragazzo. Aveva gli occhi troppo azzurri, era raro vederne così, di quel colore, azzurri e rotondi, due bottoni di vetro prezioso.

Era ormai sera. Dietro il cantiere qualche ombra

fuggiva, qualche altra si posava insistente. L'oscurità segnava le distanze.

Katharina si fregò gli occhi distratta; era un ciglio a irritarla o il vento leggero.

La nebbia sottile copriva i contorni delle cose, tutto si scioglieva nell'ombra e nel silenzio.

L'umidità era spessa. Si toccò i capelli e le ricaddero sulle spalle, pesanti. Qualcosa la tratteneva su quel mucchio di mattoni e non rassomigliava a nulla di conosciuto. Le sue mani frugavano tra i sassolini di ghiaia grigia; cercava le parole e con improvvisa abilità la mente aveva movimenti repentini e disordinati. Il cucciolo che ballonzolava davanti dimostrava una difficoltà simile nel coordinare emozioni e pensieri. C'era una rottura tra la sua mente e il corpo immobile e a poco a poco rinunciò all'impresa.

Il ragazzo, immobile in piedi, aspettava. Ora il cucciolo di razza non definibile si affidava sonnacchioso alle sue braccia; dormiva accoccolato sul pullover del ragazzo, e sognava, le zampine posteriori avevano dei guizzi. «Sono solo leggere mioclonie[5], i cuccioli non sanno sognare», e lo raccolse per non turbare il sonno. Il ragazzo indossò il pullover ruggine senza stenderlo, era ancora caldo.

[5] Piccole scosse muscolari rapide, intervengono in alcune fasi del sonno.

La paralizzava quell'aspettarsi da lei parole e movimenti. La voce non le apparteneva, era il suono rauco di uno strumento usurato dall'abbandono.

«Mi piacerebbe ritrovarlo», e sentì la voce chiara come acqua. «Oh sì, vorrei ritrovare il violino».

Nel grigio della traccia di fango che portava al cancello, i colori del tramonto si fondevano dolcemente. S'incamminarono giù per la scorciatoia, guardando tra le pietre bianche appuntite che premevano sotto i ciuffi d'erba rossicci. Il ragazzo la precedeva, saltellava nella discesa scavalcando le pietre.

«Che strana terra», ella disse forte.

«Cosa dici?», gridò a sua volta il ragazzo.

«Che strana terra è la nostra», corresse.

Presero un'altra scorciatoia che scendeva rapida. Le foglie umide frusciavano, acqua appena sotterranea scivolava verso il mare.

Scendendo aveva l'impressione che il cielo si arrotolasse e che l'ultimo azzurro della sera fosse imprendibile. Si fermò un attimo. Non scorgeva più il ragazzo, ma egli uscì da una macchia rossastra di cespugli. «La luce», s'accorse con stupore, mai l'aveva osservata con questa intensità, «sono effetti della luce che affonda nell'ombra».

Qualche lume si accendeva, incerto nel primo vento.

L'odore della stagione le dava una vitalità diversa, lunga energia del calore estivo, impetuosa e trattenuta.

Passava vicino ai pali della luce disseminati. Da bambina stringeva i pugni nelle tasche frenando la voglia di toccare quei fili. Guardava la maschera bianca dipinta sul palo, inorridiva per il vuoto degli occhi e toccava subito i suoi.

«Ho paura della cecità», gridò. Raccolse un sasso e lo gettò contro un palo. Fece un rumore sordo, eppure era zona dove i sassi rimbalzavano da sempre.

Il ragazzo fingeva di osservare i cespugli per attenderla, per non lasciare troppa distanza nella discesa. Le gridò, come se la conoscesse da sempre:

«Scendo, non ti preoccupare. Volevo solo farti prendere da questa parte, c'è un viottolo segnato per le contadine slave, quando vengono al mercato».

Accolse la sua voce nel silenzio, uno stormire di uccelli in partenza. Il cucciolo continuava a dormire contro il suo seno.

«Aspettami», gridò al ragazzo, «c'è qualcosa di più di un cantiere da quella parte».

«Ma da quella parte c'è il confine».

«Allora potremmo darlo ai doganieri, avranno il latte per il cucciolo. Poi qualcuno lo porterà a casa».

«Non importa, lo tengo io», concluse il ragazzo, «lo porterò a scuola con me la mattina. Così dove abito lo vedranno poco e si abitueranno». Le si avvicinò e con un tono gentile aggiunse, come se lo dicesse a se stesso: «Domani vado a pesca di anguille, se vuoi puoi venire anche tu».

«Non amo le anguille», ella rispose, «sono troppo scivolose, come si possono pescare?», e aggiunse: «Ma mi piacerebbe guardarti».

Le case erano grigie in quella parte della città, basse e grigie. L'illuminazione aveva un aspetto estraneo, le lampade si contornavano di un chiarore fosforescente.

La via scendeva stretta, non le sembrava di averla percorsa prima. «Mi sarei accorta della pendenza», si disse. Riusciva faticoso camminare nella strada e anche sul marciapiede piccolo e divelto. Decise per la strada.

Rare macchine passavano, scivolavano in fretta, parevano veicoli senza conducente. Da un camioncino si scaricava della merce, probabilmente non venduta, in un portone scuro. I passanti sgusciavano furtivi nelle osterie, da dove usciva un calore di aria satura.

Il suo orologio era fermo a un'ora sicuramente non corrispondente all'attuale. O forse poteva essere così. Con un piccolo calcolo, avrebbe stabilito l'ora. La luce era scesa lentamente dopo il delitto della ragazza serba.

Il ragazzo camminava davanti a lei, poco distante ma a sufficienza perché i passanti pensassero a una estraneità tra loro.

Era una sicurezza e allungò il passo. Una donna, uscendo dall'osteria, la urtò; un viso conosciuto, gli zigomi riuscivano presenti al suo sguardo. La donna tentò di chiederle qualcosa ma lei si volse, indifferente alla memoria di quegli occhi.

L'odore del vino usciva dall'atrio di un portone, era più forte del solito, saliva da una larga pozza versata e non ripulita. Si affrettò, ebbe i conati allo stomaco. Ancora la voce le moriva in gola. Cercò inutilmente di chiamare il ragazzo che la distanziava. S'accorse di non conoscerne il nome, e non provò a chiederlo.

In fondo alle scale rivide il corpo rovesciato e avvertì l'odore disgustoso di acido. Frammenti scuri come madre d'aceto sbriciolata e pezzuole galleggiavano in fondo alla bottiglia, pesci morti da tempo.

Intinse il piccolo dito, bianco come la cera, nel vino rovesciato che scorreva veloce tra i ciottoli. Provò a scrivere il nome del figlio sulla pietra fredda. Per quanti sforzi facesse non le riuscì. «Quando è nato?», sentì ancora l'uomo chiederle dall'altra parte del vetro, «Quando?», «Chi?», aveva detto e, allontanandosi dalla testa di cera e dal vetro, si era seduta sulla panchina di legno nell'atrio della scuola, ad aspettare.

Capitolo IV

Una pioggia sottile scivolava sulla gente che indifferente camminava lungo il viale. Foglie fradice cadevano dagli alberi e si ammassavano. Netturbini svogliati avevano dimenticato quella poltiglia ruggine, pensando che la pioggia rendesse inutile il loro lavoro.

Poche persone sostavano sedute all'aperto. Il caffè, anche se riparato, era quasi deserto. La folla fluiva e quei colori erano scintille per la sua mente.

A un tratto l'orchestrina, sonnacchiosa nell'angolo del caffè, si risvegliò. Gli orchestrali, che poco prima Katharina osservava compiaciuta per il silenzio e gli strani atteggiamenti d'abbandono, si attaccavano agli strumenti come per sostenere i loro corpi.

La penombra, dalle figure e dai volti incolori, sollecitava la fuga della solitaria compagnia. Improvvisamente, come se si destassero da un torpore e ubbidissero a un ordine esterno, ebbero movimenti scoordinati e repentini, e sonarono un valzer. Il ritmo accelerato delle note acuiva una volgarità non pensata dall'autore.

Le cadde il giornale e la stecca sbatté contro il marmo del tavolino. Il fastidio era così forte da cancellare gli atteggiamenti anestetizzati di poco prima. Fu sommersa dagli acuti dei violini e dai flauti; il fagotto aveva un penoso gracidare. L'irritazione cresceva sino a spaventarla, le infastidiva la testa e il sangue pulsava nella tempia. «Terribili ottave di una insopportabile musica».

«Che mi succede? Penso a voce alta?». E, sollevando gli occhi dal giornale, vide, tra le figure nere e rannicchiate che sedevano, un uomo al tavolino accanto, così vicino da subirne gli occhi irritati:

«Anche lei nella vita in fuga da ottave?».

Sentì che il motivo dell'irritazione per le ottave degli orchestrali riguardava la loro insistenza a distinguere tra consonanze e dissonanze.

«No», rispose, «non sono in fuga da ottave... solo mi piacerebbe sentire le sfumature degli armonici più lontani».

«In questo caffè», aggiunse l'uomo, «è sempre così... Suonano musica sacrificando ogni impressione, assimilano motivi diversi, Maria Theresia e l'imperatore Franz... Mi creda, sarebbe preferibile che non avessero sonato mai».

Disse questo guardandola attentamente. Katharina avvertì la voce prima ancora di vedere il volto. Era una voce bassa, carezzevole, si poteva credere che le parole rimanessero nell'aria sospese a un filo lunghissimo.

«Come nei sogni», pensò, «quando qualcuno chiama da lontano e tu corri per avvicinarti. La voce ti rincorre, e nell'affrettarti verso il richiamo la senti lontana rispetto al punto che credevi iniziale; e non sai da che parte seguirla, non conosci l'origine e cosa diceva per te. Il testo si smarrisce nell'aria come polvere di sabbia e non vuoi più ritornare a vedere e ascoltare».

«Lei ama la musica. Ebbene, attraverso le note si costruisce un'architettura. Un effetto deve essere tale perché si lega a un altro effetto, l'emozione rimane altrove».

«Eppure», Katharina rispose, «l'armonia è una legge dei suoni che non raccoglie solo l'ordine fisico, e un mondo che vibra con gli affetti che si muovono dentro di noi».

«L'aiuto dei matematici è parso essenziale», ammise l'uomo, «per comprendere come l'armonia unisse le strutture delle cose, situazioni e significati diversi».

Katharina raccolse il giornale a terra. L'uomo non faceva più nulla per interrompere il corso dei suoi pensieri. Gli sorrise:

«Forse per oggi non suoneranno più dei valzer».

«Lei è serba?».

«Sono qui per alcuni giorni», si limitò a precisare.

«Solo pochi giorni?», disse l'uomo e le sembrò si riferisse a sé più che a lei. E senza attendere risposta decise: «Allora andiamo in quella stanza vuota interna, qui comincia a fare freddo».

Non rispose, accettò sollevata. Le piaceva continuare a sentire quelle parole brusche.

«Io non la conosco e lei non mi conosce», continuò l'uomo. «I nomi non mi interessano. Non significano nulla. Io bevo del vino bianco freddo con lei e questo mi piace». La guardava negli occhi, forse con la precisa idea di creare una prima frattura alla loro spontanea accettazione di compagnia.

Erano entrati nella stanza deserta. Avvertì più freddo ma non lo fece notare. L'uomo le sedette accanto. Lei sentiva il suo respiro. Guardò subito le sue mani, ebbe l'idea che fossero staccate dal corpo.

«Devono appartenere a un altro uomo». E rispose: «Anche a me non interessano i nomi, e non li ricordo, sono come i numeri».

Lo vide alzarsi, allungare le braccia verso l'attaccapanni. Notò con sollievo che era alto. Portava una giacca di velluto a coste larghe, ma gli stava stretta e sedendo la sbottonò, proprio come se la conoscesse da molto tempo. Fissandolo, bevve il vino bianco freddo.

Guardò fuori. Gli uomini dell'orchestra armeggiavano distratti attorno agli strumenti. La stanza era così in penombra da sembrare buia. Vedeva i movimenti delle persone, poco distanti. «Come sarebbero inutili i gesti dei ballerini se si guardassero da lontano senza udire la musica». E pensò: «I nomi sono inutili e a volte determinano la vita, segnando un'importanza dove non esiste».

Tolse gli occhiali scuri e li mise nella custodia, lentamente. Non lo faceva mai, per questo le sue lenti erano sempre graffiate. Copriva il silenzio con dei gesti per lei inconsueti.

La stanza era quasi al buio. Questo la infastidiva come la luce. Gli occhi reagivano allo stesso modo, con lenti e frequenti scatti delle palpebre.

L'uomo non la guardava. Beveva a sorsi piccoli e continui. Teneva il bicchiere con tutte e due le mani, così poté guardarle meglio. Erano belle, nella penombra sembravano guantate di seta scivolosa come gomma trasparente. Il pollice della mano destra aveva dei movimenti, ed era diverso, più lungo del normale, si alzava e abbassava senza seguire l'accordo delle altre dita. Nel prendere senso del corpo, nella fine esperienza delle cellule che sentono e compongono le note del movimento, quel dito doveva essersi conquistato un'innervazione sua, batteva all'unisono con gli altri e insieme dominava ogni sequenza. Forse questo pensiero che riusciva a considerare oggetto il corpo pur vivendone le emozioni era iniziato come un'irritazione attorno al feto. Si sentiva attratta da questo movimento quasi inconsulto, ne provò piacere.

L'uomo riprese un pensiero sospeso, e disse seccamente, quasi a prevenire ogni obiezione:

«La musica segue una sua grammatica, non può riflettere il movimento dei sentimenti. Come si spiegherebbero le dissonanze, i vuoti?».

«Ma le fantasie più nascoste», rispose Katharina, raccogliendo l'indecisione della domanda, «non rispondono a uno spartito che permette... non so... infinite variazioni di un tema? È la stessa ragione che si cela nelle montagne vicine. Ecco. I loro strati separati dimostrano un ordine turbato, ma le linee spezzate si possono comporre».

Come se allontanasse un disagio, l'uomo proseguì:

«Una tensione accomuna... non si affievolisce perché ogni forma non è risolta. Si ripetono sensazioni piacevoli e si vuole trovarne di nuove. Questa sofferenza non lascia lo spartito e accorda gli strumenti. Allora lo spartito si può trascurarlo, basta aver fatto proprio il motivo che lo anima e organizza e non descrive nulla se non lo sforzo, la continua incompletezza».

«Anche le correnti che scendono da questi monti sono linee continue. Poi si spezzano, scompaiono, e ritornano con la forza che le distingue o disperse in giochi dove ogni salto è un suono nuovo».

«Si producono suoni nuovi».

«Così come la chimica produce composti che in natura non esistono».

«È questo che prende, l'avvicinare qualcosa che si perde. L'orchestra ogni volta è un esperimento. Si ripetono le aperture. Si cerca il segreto di un movimento, gli attacchi si dispiegano sempre impercettibilmente diversi. L'unica storia di cui posso segnare un tempo. Gli orchestrali sono delle intenzioni che si cercano. Gli errori sono importanti, l'esecuzione perfetta non sarebbe sopportabile».

Il bicchiere era vuoto. Desiderò che l'uomo lo riempisse, ma non lo fece. Katharina rimase a guardare quel dito, davvero sembrava staccato dal resto della mano in penombra. La gola era secca. Era come se fosse trascorso un altro giorno, molto tempo da quando sedevano al tavolino di fuori e la gente passava.

Un cameriere in giacca nera comparve sulla porta, tenendo in bilico un vassoio. Tentò di girare l'interruttore, ma esso saltò come un proiettile a terra e si nascose negli angoli bui. Piroettando come un equilibrista da circo, il cameriere si girò con il vassoio intatto. E la stanza tacque nell'assenza di luce del grande lampadario inutile.

Con la cura minuziosa di chi ha molto tempo davanti, ella spostò l'osservazione dalle mani al volto. Ebbe un moto d'allegria, rassicurata. Le sembrava di conoscere molte cose di lui.

«Ma», rifletté, «la voce, le mani, il volto di una persona potrebbero essere quello che è diventato, non quello che era». Allora si divertì a indovinare quante e quali tracce erano penetrate in lei, e quali erano scivolate come pioggia, e quali si erano fissate... tracce, tracce chiuse in un fascicolo... su quel volto impenetrabile.

Poteva averlo già incontrato o conosciuto, ma non era accaduto. Eppure quel volto nella sua vita doveva ritrovarlo. Cercò di riandare alle sue origini. Valutò la grana della pelle. «Il colore inganna», dubitò, «forse è solo pallido dopo una malattia».

Tutto in quell'uomo poteva e allo stesso tempo non poteva essere. Analizzava le parti che avrebbero formato una persona e aveva difficoltà a riunirle. Si concentrò sulla bocca e le parve bella. Solo quando muoveva le labbra rivelava denti regolari ma sottili come rasoi.

«Sì», disse l'uomo, intuendo quell'attenzione, «intorno a me c'è il vuoto. Sono solo».

«E i musicisti allora?», chiese la sua voce ormai lontana.

«Li ho lasciati da tempo... Il loro sottolineare e guardare dentro le cose. Ah, come sono meschini!... Non giungeranno mai a nulla. Le loro chiacchiere, parole, gocce di schiuma, inquinano un torrente chiaro».

«C'è schiuma anche in questo vino che stiamo bevendo», rifletté.

I camerieri producevano rumori inutili, strisciavano i tavolini sul pavimento. Qualcuno guardava furtivo nella stanza vuota.

Rapidamente la figura dell'uomo si alzò. Era l'unico punto chiaro nella stanza buia.

«Davvero ora dobbiamo andare», disse seccamente.

Lo vide infilare la mano con le dita contratte nella tasca del largo soprabito. Ne tolse dei soldi spiegati, confusi a dei biglietti da visita. Senza guardare, li dispose accanto alla bottiglia vuota. Qualcuno cadde e Katharina lo raccolse diligente.

Le si acuì il bisogno di bere, ma si limitò ad allargare la mano destra sulla gola e inghiottì la saliva. Sistemò sulle spalle la cinghia di cuoio e lo seguì.

Camminavano in fretta. La pioggia del pomeriggio aveva lasciato spazio al vento. Strisciava lungo i muri delle case, non forte, era solo l'inizio della stagione dove sarebbe stato protagonista. Katharina lo sentiva battere sulla schiena come un largo ventaglio.

L'uomo le camminava davanti e l'alta figura pareva allargarsi e stringersi prendendo le forme che al vento piacevano. Il suo soprabito ampio giocava con l'aria, si appropriava di linee strane. Sembrava non accorgersi dell'affannata figura che cercava di raggiungerlo.

Si ritrovarono sulla strada in salita. Gli corse vicino e, tappandosi la bocca per il bruciore alla gola, quasi gridò contro il vento:

«Ecco, qui questa mattina c'è stato un delitto. Aveva solo vent'anni».

Era riuscita ad agguantare la manica del soprabito, e per un attimo l'attorcigliò. Lui non si fermò, fece solo un cenno con la testa. I suoi capelli le coprirono la fronte e lo sguardo si posò sulle scarpe con tale intensità che ella se le riguardò, come se nelle punte ci fossero occhi.

«Da questa parte», disse l'uomo, «la strada si arrampica un poco, ma è più breve. Dobbiamo allontanarci dal mare».

«Ma io l'ho appena visto il mare da quando sono qui... e poi... devo ritornare all'albergo, debbo, capisce... Aspetto un messaggio, è in ritardo, ma arriverà. Hanno cambiato il personale dell'albergo proprio in questi giorni», ella precisò, «e Leopold è ammalato. Conosce Leopold, non è vero?». E come se l'avesse rassicurata, continuò: «Io lo conosco da molto tempo. Ora il giovane che lo sostituisce non risponde, i messaggi forse dimentica di trascriverli. Sino a quando Leopold non ritorna, è inutile che aspetti notizie».

Si erano allontanati dal viale, e dal caffè.

Era sceso il buio nei vicoli. Non c'erano più alberi, e tutto era serrato come fosse un'ora tarda della notte. Era soltanto sera. Qualche lampione allungava la luce livida sulla strada, un naso adunco piegato sulla bocca.

«Abito in una via laterale poco distante da qui», disse l'uomo, «è una delle strade che portano alla piazzetta dei Trauner e alla vecchia porta».

«Sì, sì», mormorò tra sé, «ora mi ritrovo. La porta antica. Mi dicevano da bambina: "se tu entri si chiude dall'esterno e non si riapre che all'alba. Così tutto il buio lo passi là dentro"». «Sì», rispose invece con voce lenta, alzando un braccio in segno di assenso, «ci sono stata anni addietro. Esiste ancora la fontana proprio dietro la porta?».

La voce le usciva come acqua fresca e le parole formavano domande che rimanevano vuote nell'aria fredda. E il vento la respingeva.

«Aspetti», gridò, «il vento mi fa bruciare gli occhi, aspetti. Dietro la porta c'era la fontana. Era lì che i bambini si addossavano e si spruzzavano l'un l'altro. Poi si lavavano le mani prima di entrare nelle case».

L'uomo si era fermato non lontano, la sua mano si alzava lenta a coprire la fronte, con il pollice e l'indice socchiudeva le palpebre.

«No, ora c'è un piccolo teatro», proseguì inchinando la testa sul suo braccio e Katharina osservò la fronte alta segnata da sottili rughe. «Una volta, sulle montagne trovai sottili scritture, come quelle sepolte nel deserto». Ma queste linee, pensò, erano attaccate a un naso, a un elemento estraneo un poco curvo, e dalla bocca usciva un sorriso.

Erano saliti sopra la riviera degli arsenali. Intravide il muro della chiesa di San Giacomo e i lampioni fermi giù vicino al mare. Tutto avveniva nei pressi di quella chiesa; era lì che il popolo si riuniva. Sorrise ripensando alle vecchie storie politiche; quando le ascoltava da bambina, credeva di trovarsi in un teatrino e lei era la spettatrice importante.

Cercò qualcosa nella borsa e si fermò decisa. Non fece caso a quello che lui avrebbe detto o fatto, era all'improvviso fisicamente stanca. Nella borsa non trovò nulla che trattenesse la sua attenzione.

Dietro la sagoma del soprabito rivide l'ombra dell'uomo, si fermò accanto a una porta che al buio sembrava lunga e stretta. Non era una porta di servizio. Con stupore si accorse di avere fatto molta strada e di avere lasciato le vecchie case per ritrovarsi in un quartiere diverso o forse soltanto nuovo.

L'uomo l'aspettò e, senza parlarle, indicò il corridoio da seguire.

Stavano scendendo. Era un garage. Katharina non chiese nulla, non avrebbe saputo parlargli. La stupì vederlo indaffarato nella ricerca delle chiavi, sorpresa che potesse possederne.

Aveva creduto di entrare in quelle stanze con indifferenza, come in un caffè.

Rare automobili isolate sostavano nei rettangoli, corpi vuoti e disciplinati. Nella penombra si disegnavano come schizzi di vernici rovesciate e subito seccate e la poca luce ne stabiliva forme e colori.

Capitolo V

Lasciarono lo spazio deserto e, tra le macchine ferme come chiazze di colore indurito, salirono una breve scala di ferro stretta a imbuto. Gli scalini si allargavano e, attraverso un traliccio di tubi ancora con la vernice arancione, si trovarono davanti a una parete d'acciaio dove si distinguevano tre ascensori.

Erano vicini. Avvertì il suo odore. Girò bruscamente il collo, come quando si guarda qualcuno per la prima volta. L'uomo si tolse gli occhiali dalle lenti scure.

Egli premette uno dei tasti. Con indifferenza lei fece altrettanto. L'uomo fermò il gesto prendendole il polso e a voce bassa disse:

«Quello viaggia lento e si ferma in tutt'altra direzione, sul lato opposto del piano».

Katharina ebbe uno scatto di riso e guardandolo chiese:

«Allora siamo in una stazione?».

L'uomo sembrò non accorgersi della domanda, ripose le chiavi nella tasca del soprabito.

Subito arrivò l'ascensore.

Era una salita precipitosa, almeno le sembrò tale.

Pesava il lungo silenzio. La scatola d'acciaio dilatava il vuoto e l'assenza di parole diveniva insopportabile.

Provò a coniare delle frasi, tanto inutili che morivano prima di nascere, come «quanti minuti si aspetta l'ascensore nelle ore affollate», oppure: «domani il vento minaccia di farsi più forte». La banalità delle parole l'avvilì ma ebbe l'effetto di distrarla dal torpore.

Da bambina aveva imparato bene a dire: «Ich freue mich Sie kennenzulernen... meine Mutter ist nicht da, doch sie kommt bald zurück»[1]. Poteva ripetere questo ad alta voce. Non pronunciò queste frasi. Le parole battevano contro il vetro gelato, stentava a trattenerle.

Erano passate le ore. Insieme avevano sentito la sottile pioggia del pomeriggio ed erano rabbrividiti all'umido del caffè all'aperto. Si era fatta sera e avevano bevuto vino freddo nella stanza deserta, ascoltando i violini di un'orchestrina sbilenca. E si erano allontanati dal caffè e dal lungo viale, camminando lungamente nelle vie semibuie, incontrando i vicoli vuoti. Avevano lasciato fare al primo vento della stagione un gioco sottile.

Ora si trovavano in quella scatola d'acciaio con un silenzio senza uscita se non nel vuoto degli occhi arrossati.

[1] «Lieta di conoscerla... la mamma non c'è, ma ritorna presto».

Le porte automatiche si aprirono sul deserto delle pareti senza suoni. Quattro porte chiuse. Nei pochi metri quadrati una poltrona di plastica colorata.

Katharina udì il lamento di un cane dietro una porta. Usciva una musica sottile come pioggia di marzo. «È Mozart?», si domandò, «*Per questa bella mano*». Il minuetto incalzava, riconobbe i passi felpati con lunghe calze bianche segnare un cerchio invisibile sul tappeto verde. Le teste incipriate avevano scatti repentini, perfetti, come le mani ingioiellate.

Sentì il tatto del velluto azzurro sulle pelli levigate, la dolce differenza di temperatura tra le varie parti del corpo e i tessuti. Le ville dormivano nell'alba e le finestre di pietra avevano gli scuri chiusi. Il loro biancore riluceva circondato dalle pellicole di nebbia, un pensiero distinto sospeso tra incubi.

All'improvviso, come se quel silenzio avesse raggiunto il punto critico, l'aria parve coagularsi, si frantumò in petali che scivolavano oscillando lungo la parete chiara. Una decomposizione rapida, il pulviscolo fermentava trasparenze impreviste. In quella sosta riprendevano sguardi allarmati e un senso di minaccia si disegnava nell'atmosfera.

La ricerca delle chiavi le parve interminabile. Sentì freddo alle caviglie.

La porta d'ingresso si aprì. L'uomo si fermò un attimo sulla soglia, ancora con il soprabito; teneva le mani in tasca, tutte e due, e sembrava senza braccia. Lo vide pallido, stanco. Lo guardò davvero per la prima volta. Così com'era; forse, soltanto un uomo.

Rimase ritta al lato opposto della parete. Dette un colpo secco con il guanto. Il ragno cadde senza sangue. Solo una prova in più.

Le stanze erano due. Oltre la finestra un bizzarro architetto aveva eretto qualcosa di simile a una torre di controllo. Ramificazioni di fili interminabili si intrecciavano, alberi senza radici disegnavano messaggi occulti nel cielo della notte. Il vento li muoveva, decomponeva le cifre del codice, le riduceva a scarne didascalie senza senso. A intervalli regolari e continui finestre buie si accendevano e si spegnevano. Fari luccicavano fosforescenti giù sull'asfalto lucido, colorati come le farfalle e come loro precipitavano a terra storditi nell'urto.

«Siamo stati a lungo lontani», egli disse. «Il mio nome è Bertrand Smoleck. Sono di Berlino. Dormo qui, ma domani sarò altrove… un'altra città... e non avrà neppure il mare».

Si lasciò cadere nella poltrona consunta. Le molle dovevano essere allentate da tempo e vi sprofondò. «Se sotto ci fosse un tamburo», pensò Katharina, «sarebbe stato un rimbombo».

La lampada segnava un volto senza colore. L'uomo

con un gesto lento riunì le mani attorno agli occhi per rilevare quei particolari che l'osservazione trascura o rifiuta. Linee sottili gli increspavano le guance e una ruga si scavava dal naso alla bocca.

«Vorrei fissare il mondo nelle immagini di un obbiettivo. Non mi sfuggirebbero le articolazioni dei movimenti».

«È vero», ella rispose, «le nostre immagini sono sempre così sfocate e trattengono solo il filo dei nostri desideri».

Stavano immobili nella stanza semibuia. Le prospettive erano appena segnate dalla luce e confluivano verso la finestra per articolarsi insensibilmente con i cubi delle costruzioni intorno, in un riverbero di raggi lontani.

Nella notte racchiusa da serie di punti luminosi salivano ondate d'aria e si dilatavano, premevano i contorni e le superfici. Odori e colori turbavano desideri aridi, scolorivano paure, brividi che irritavano quella luminescenza d'acquario.

L'atmosfera si faceva ogni momento più densa, viveva dei riflessi che sciamavano dalla finestra come attraverso una camera fotografica dal soffietto sdrucito.

Dalla vetrata, che avvicinava le cose come la lente di un cannocchiale, si scorgevano i piccioni passeggiare lungo i cornicioni del palazzo della prefettura. Impettiti risaltavano contro il ferro e il cemento; alcuni si levavano in volo e disegnavano cerchi, seguendo tracce come desideri. La stanza si ampliava nel respiro di quei voli. Mancava del tempo a una partenza e insicuro era il ritorno. Alle ali che si ripiegavano in un fremito la piazza guardava muta.

«Ho viaggiato molto», disse Bertrand Smoleck, «spesso, quando ero ancora bambino, preparavo una piccola valigia, e dentro mettevo due paia di guanti, sempre gli stessi».

«Allora non sapevi che saresti diventato musicista».

«No, non lo sapevo... Solo mi divertivo a costruire strade che si incrociavano. Con sassi diversi fissavo i confini. Tu lo sai forse, sui monti boemi sono molti i sassi variegati, di rara diversità... Confondere le lingue è per me un gioco di sempre... Ritrovavo parole nuove e strane, mutavo i significati, inventavo accenti, suoni... era il mio cruciverba... Non penso mai un motivo in una lingua, ho l'impressione che lo costringerebbe... Ma non è la realtà, Katharina, è una mia illusione...».

«No», ella rispose, e avvolse le gambe con l'impermeabile, «hai ragione, anch'io sento a volte che il pensiero è circondato... come liquido spesso nel fondo del bicchiere. Questo fa brutti scherzi... è come battere contro le pareti nei sogni, fuggono sempre...».

«Mia Katharina, non ti hanno insegnato che rimangono le immagini, anche se», mormorò, «formano macchie che dilatano il bordo come olio versato su seta».

«Mio Dio», ella esclamò, «complichiamo le nostre vite. Eppure io sono qui per un motivo preciso, me lo ripeto per rassicurarmi. Ho sposato un uomo, un giorno che non ricordo, e mi costringe lontano da mio figlio Friedrich, questo è un motivo preciso... Debbo incontrarmi con l'avvocato che tarda... penso per un motivo banale... E incontro un musicista di Berlino... tutto ritorna e scompare o si assorbe... Sì, hai detto bene, come olio, ma olio su una spugna».

Bertrand Smoleck non la guardava, era lontano, ascoltava.

«Come aiutarti?», disse, «Non credo mi sia possibile. Anche su di me pesa un'ombra... copre le figure più care... Se davvero qualcuno dentro ci raccontasse i sogni».

«Vorrei toccare fisicamente quello che mi accade... ma rimarrebbe il rumore. Ho paura del suo spessore... di essere circondata... Ero così nel giardino che mi chiudeva da bambina... aveva un muro alto, mattoni umidi e scuri, non uscivo... e le voci salivano senza che vedessi nulla...».

Bertrand Smoleck fissava altrove. Il suo profilo era pallido, la bocca socchiusa, le ciglia strane lunghe, da bambino.

«Una volta a Praga, avevo appena terminato un concerto, ero sfinito. Mia madre era morta poche ore prima, me lo dissero appena il concerto fu finito. Ringraziai il pubblico, una, due volte, sentii uno strappo nella mano destra, il braccio cadde in avanti autonomo. Ebbi un dolore alla palpebra destra e riguardai il pubblico, confusamente, come se fossi lì per caso. Il pubblico divenne una folla assiepata con le mani alzate e non applaudiva più, gridava contro di me... Ecco Katha», riprese, «da allora quella folla non mi ha lasciato».

Katharina entrò nella cavità delle sue braccia e piegò il collo all'indietro; così forte da sentirlo quasi staccato dal corpo.

«Sai Katha», e le sfiorò il collo, «anche mia madre portava un filo di perle come le tue».

«È quello che mi rimane di allora».

Le parole di Bertrand Smoleck erano una cantilena lontana:

«Ein altes Wiegenlied...»[2].

«Anch'io», sussurrò Katharina, «ho camminato senza motivo... È solo una notte, poche ore, ma sono con te».

Qualcosa di indefinibile la obbligava sul basso divano. Ascoltava il silenzio, temeva che il respiro lo frantumasse. Fece degli esperimenti con il naso. Re-

[2] «Un'antica ninna-nanna...».

spirò da una narice, poi dall'altra. Così la bocca poteva rimanere chiusa.

«Ho incontrato una donna», egli riprese, «aveva un appuntamento... ma i particolari le sfuggivano... I segni cambiano... Ogni tanto masticava una pastiglia bianca».

«E scopriva», chiese Katharina, «le scorciatoie, gli incroci della città vecchia?».

Bertrand Smoleck tolse gli occhiali, avevano lasciato un segno marcato all'inizio del naso, quasi una screpolatura. Si passò la mano sinistra sulle palpebre, erano un po' gonfie. Guardava nel punto della parete dove il ragno era schiacciato e proseguì:

«Hai visitato i monumenti? Sono isolati. Hanno una disposizione artificiale. Le pietre del molo. Il canale. Le statue. I cumuli di corde. Questo mi piace».

«Sì, li ho osservati e ho notato anch'io questa distanza... ma si fanno degli incontri, si parlano molte lingue».

«E si resta altrove».

«In esilio?», soggiunse Katharina.

«No», rispose Bertrand Smoleck, «portati dal movimento del mare. È come nella musica. Si riprende ogni motivo, per scoprirne la costruzione... e ci si impiglia in una rete... Il gioco del linguaggio e delle note è la libertà di una mosca nel vaso dove l'attrae il miele».

«Qualcosa dovrebbe prendere forma tra questi

muri», ella aggiunse, «gli architetti si sono sempre preoccupati di definire uno spazio. Un tempo le facciate erano curvate dal movimento, la scienza apriva dimensioni inesplorate e le linee si tendevano in uno sviluppo indefinito. Ora sentono che una certezza sfugge e cercano il rigore; hanno orrore degli ornamenti. Abbandonano alla fantasia di chi li abita gli interni e sono superbi di regolare le superfici degli involucri».

«Qui, prima che altrove», precisò Bertrand Smoleck, «gli architetti sentirono l'esigenza di spazi vuoti. I padroni di casa avrebbero cresciuto dietro le facciate un destino, ognuno secondo un suo ordine. Perché ridurre lo sviluppo del commercio a una figura determinata? Ed ecco i grandi spazi, sotto le travi giganti, ad attendere i grani e le casse».

«Ma il turbamento dei magazzini consumò le facciate chiare».

«Sì, e questi sotterranei ebbero l'atmosfera degli spazi riservati ai lazzaretti, agli ospedali... C'è una villa dal volto misterioso nella parte alta della città...».

«Ci si perde in quella zona di città... è deserta... e i cancelli corrosi, i giardini con le erbe alte sono quasi eguali per tutte le ville...».

«È una casa isolata... si distingue, anche se non la diresti un ospedale... grande, antica, lungo il dorso della collina... la facciata sta rannicchiata dietro la cinta e nella cinta si aprono occhi che fanno paura... Tante ospiti sono vissute dietro quei muri e le loro voci si facevano roche come quelle degli uccelli stremati dal vento... e tutte hanno finito per affondare lentamente, grado per grado... ed è strano... proprio strano... per affondare salivano il monte, sino al silenzio in alto di orbite vuote...».

«Ho la sensazione di esserci stata una volta... è passato molto tempo».

«Scenderà nell'ombra questa città con le facciate chiare, le ville e i giardini... Tu e questa città sapete solo aspettare...».

«So che un giorno mi inoltrerò lungo i muri che nascondono le erbe antiche, paradisi che splendono come affreschi sotto il cielo. Desteremo le statue bianche in un pomeriggio che langue».

Bertrand Smoleck stava davanti alla finestra, le voltava le spalle. Nessun rumore. La torre di vetro si era scrollata di dosso in un tremito tutti gli abitanti. In quella geometria d'alveare vuoto solo un uomo e una donna con il loro silenzio non disturbavano.

«Ora ho paura», pensò Katharina, e trattenne il respiro, «paura di vederlo».

Egli la percepì, si girò di scatto. Nei suoi occhi c'era meraviglia di trovarla.

Sembrava nella posizione per iniziare a dirigere. Si atteggiava in avanti, piegando i piedi e quasi sostenendosi sulle punte. Le mani erano stese lungo il corpo, tutto il volto era contratto, in attesa. Le narici espiravano, come se l'aria stessa non lo convincesse, si aprivano e chiudevano a scatto come nei manichini. La pelle del viso si stirava incollandosi sugli zigomi.

«Gli occhi», trasalì Katharina, «due fessure nere». Era guardata da lui, ne aveva la certezza, le era impossibile muoversi. «Anche lui ha paura?». Qualcosa la scosse. «Forse domani l'auditorio sarà vuoto e quel tic delle mascelle lo impedirà, le mani lo tradiranno, una congiura alle sue spalle».

«E l'orchestra?», la parola le sfuggì, fu impossibile ritirarla, era rotolata come una palla da tennis di un bambino distratto contro il muro vuoto.

Egli reclinò il profilo sulla spalla sinistra, verso un violino immaginario, e allungò il braccio destro verso di lei.

«Sì», pensò Katharina, «anche lui ha paura». Si mosse per cercarlo. La sua figura spense per un attimo la poca luce che filtrava dalla finestra. Bertrand Smoleck continuò a lisciarsi la mano come se fosse la bacchetta. Un gatto sarebbe fuggito sotto quelle carezze.

Posò decisa la mano sul braccio e lo fermò. La voce le uscì netta, forte:

«Tu e la tua musica», gridò.

Ma egli non l'ascoltava più. I suoi pensieri seguivano composizioni fantastiche, compiute con il volteggiare del palmo della mano. La stanza diveniva il suo deserto. «Inoltrarsi nella sabbia ferma e piena di vita non è tracciarsi una geometria?», ella pensò partecipando uno stesso desiderio.

Le sue mani avevano scatti violenti nello spazio vuoto. E, mentre la sinistra ricadeva indifferente lungo il fianco, quasi strisciando come nei movimenti dei ballerini, la destra si alzava imponente e bianca, batteva l'aria spessa della stanza piegata al silenzio.

Adesso il corpo si ergeva contro la grande finestra, copriva ogni illusione di luce. Buchi lontani, come fiaccole in una tempesta, si spegnevano nella notte.

Capitolo VI

Era giorno inoltrato. Katharina aveva sete. Il bicchiere stava vuoto sul comò di fronte al divano. Qualcosa di lattiginoso era rimasto sul fondo e da quella distanza sembrava sabbia in una clessidra.

«Mi piacerebbe rovesciarlo», pensò. Ma l'immobilità era più rassicurante e rimase sdraiata.

La finestra allungava la luce grigia oltre la porta. C'era un pallido sole d'inverno dietro la tenda tirata e il giorno batteva come attraverso un sipario.

Rivolse lo sguardo alla scia che radeva il pavimento e schiariva la polvere seguendola negli angoli bui dove si ispessiva. Fissò la sua sacca di cuoio. Bertrand Smoleck l'aveva schiacciata sedendosi, anzi abbandonandosi nella poltrona, la sera prima. Non c'era nulla di fragile, così le sembrava. La fotografia poteva sciuparsi, ma era già consunta. O il ragazzo si era dimenticato di restituirgliela? Non l'aveva raccolta il ragazzo quando le era caduta tra gli oggetti rovesciati vicino alla ragazza serba uccisa? «In ogni caso è comunque troppo tardi».

Si chiamò due, tre volte. Il suo nome prendeva proporzioni strane dilatandosi nella stanza vuota. Non aveva nulla da dirsi, tanto meno da rispondersi. Sentì solo un vago fastidio per quel nome difficile. Da bambina l'avevano soprannominata «oäice», per gli occhi troppo grandi nel viso magro.

«Oäice, vieni qui», le diceva il compagno di giochi, «porta la tua scatola di bottoni di vetro, costruiremo nuove strade colorate». «Che strano», pensò, «non ricordo il suo nome». «Ma oäice», la rimproverava il compagno, «hai sempre gli stessi bottoni. Io non voglio giocare. Trovane nuovi. Devi prenderli, rubarli, capisci?». «Dove?», chiedeva la bambina. «Dai cappotti delle amiche della mamma. Altrimenti ti lascio per sempre giocare da sola».

Le sue cose stavano a terra. Lentamente le aveva guardate scivolare dalla sedia a una a una. Prima le calze, poi la sottoveste lucida. Solo il pullover era rimasto attaccato al bracciolo. La gonna avrebbe potuto afferrarla mentre cadeva, bastava allungare una mano. Non lo fece, le riusciva difficile pensare e avere nello stesso tempo dei gesti da compiere.

Allungò la gamba, cercando una posizione di riposo ai muscoli intorpiditi. Non le riuscì, il piede si aggrovigliò stranamente nella coperta, impigliandosi nell'unico lato scucito. Il lenzuolo era scomparso, forse non l'aveva nemmeno avuto, e non provò a esaurire la già minima curiosità.

Tese la mano oltre il posto vuoto, sapeva che l'avrebbe ritirata senza avere toccato nulla che non fosse la ruvida coperta. Strinse la mano a pugno chiuso e conficcò le unghie da scolara contro il palmo. Non sentì dolore, non sentì nulla.

Bertrand Smoleck aveva lasciato una valigia chiusa dietro la porta del piccolo ingresso, o forse apparteneva all'ospite precedente. Il soprabito appeso alla maniglia sembrava un animale svuotato delle interiora. La luce cresceva oltre la tenda e gli andava addosso implacabile come fa la macchina da presa. I primi piani scrutano la qualità della pelle alterandone i pori. Così faceva la luce con quel soprabito abbandonato, ne radeva la trama denunciandone gli anni.

Brividi le raffreddavano la schiena. La coperta le era insufficiente. Raccolse dei calzettoni lasciati a terra senza muoversi dal divano e se li infilò. Erano smisuratamente grandi, da farle pensare di non avere più i piedi.

Il freddo non cessava. Si costrinse a privare la maniglia di quella forma che era diventata la sua unica compagnia. Indossò il soprabito. «Ora sono un pagliaccio», pensò, «fuori moda, ma pur sempre un pagliaccio». E ricadde sul basso divano.

Si sentiva le caviglie legate e di questa costrizione incolpava i calzettoni di Bertrand Smoleck, così grandi che le impedivano i movimenti. Li intrecciò meglio, con la cura con la quale da bambini si giocava ai conigli e si riunivano i piedi in una sola calza per saltellare.

Erano lontane le immagini degli scoiattoli. Eppure il bosco colorato arrampicato sulle rocce rosse era vicino, poteva ritornarvi. Le contadine slave scendevano ancora tra i sassi, con i cesti sulle teste ritte.

Rivide l'immagine della donna che passava davanti alla vetrata. Meglio di Leopold, le avrebbe detto qualcosa, scoprendo la borsa con le sue carte colorate.

Lo sguardo si fermò sul filo del telefono, inattivo. Lambiva la parete deserta e sopra si erano posate bestiole indefinibili circondate dalla polvere. Un ragno si staccò e cercò un posto altrove.

«Il telefono è staccato?», aveva chiesto. «Non è mai stato allacciato», aveva risposto Bertrand Smoleck, e poi... per pochi giorni...». Il filo inerme strisciava sul pavimento come una biscia uccisa.

«È sempre con noi una biscia», ella aveva aggiunto, «e segna il posto dove dobbiamo vivere». E aveva insistito: «Avrei potuto chiamare, sapere se Leopold è guarito». Bertrand Smoleck non aveva risposto.

Era bello tornare e rivedere Leopold. Con la mano scarna consegnava a ognuno la sua chiave e sorrideva. Come quando entrava a casa d'inverno dopo la scuola. Era uno di quei palazzi stretti lungo le strade in pendio. La portinaia la rincorreva tutte le volte: «No la xe mai finida co 'sti s'ciavi. Xe inutile lavar su e zò le scale». E lei era già oltre i gradini grigi.

Rimise a posto le pieghe del soprabito. Voleva essere sola senza che le pieghe la infastidissero. Ma il corpo aveva trattenuto la delusione, un segno dove la parola e la tensione dei muscoli non si distinguevano. E si ribellava.

«Come posso spiegarmi perché sono qui? Come ci sono arrivata?».

Era un pomeriggio con la pioggerella fine lungo il viale alberato. Il vino freddo le piaceva. Si arricchiva con i colori che si frastagliavano tra le immagini, ricomponendo gli oggetti di visite minuziose, discorsi ascoltati e ripetuti, spartiti assimilati nota per nota.

I dialoghi tra il topo di campagna e quello di città andavano riscritti perché la terra era sassosa e i magazzini indisturbati sotto i palazzi chiari. Aveva vissuto giorno per giorno, senza futuro. Sicura, come il topo di campagna, di sopravvivere con poche erbe gialle, dove affiorava l'ombra del sangue e gli ulivi erano stati abbandonati da tempo per il corso del commercio.

«Che cosa potrà mai farmi la fame? Nel peggiore dei casi posso ridurre la carta in minuscoli ritagli». L'uomo dell'organetto traeva la sua musica da povere strisce accuratamente ripiegate. «Proprio così io farò, vivrò di niente in questa camera non mia e spenta».

Durante la notte, alzandosi, non aveva trovato nulla tra le cose di Smoleck. Il bagno era stato ripulito, nella sacca c'era qualche pillola sciolta.

«In ogni caso non posso uscire», concluse.

Allungò il braccio, afferrò il pullover e lo appoggiò sugli occhi. Fu appena buio, e gli occhi poterono sollevarsi dal rossore del vento e della stanchezza.

Si arrampicava lungo il muro che costeggiava il palazzo, le unghie graffiavano le pietre che scivolavano a una a una e si ammassavano sotto i piedi. Il muro, mentre lo seguiva costeggiandolo, si alzava rapidamente.

Passò una carrozza scura. Due cavalli infiocchettati la tiravano. Scalpitavano all'indietro e le loro teste si sfregavano l'una contro l'altra. Sanguinavano vicino all'orecchio ma testardi insistevano. Per gli strappi la carrozza ballonzolava orizzontalmente.

Katharina spiccò un salto sul predellino, ma la figura di donna scomparve lasciando il suo velo grigio.

Intanto i cavalli si liberavano dei paraocchi. Ella balzò al posto di guida, sapeva dove erano le briglie. Quell'oscillare sarebbe cessato e avrebbe potuto entrare lungo il viale del giardino con i cavalli.

Ne era convinta. La figura che occupava la carrozza era la donna che cercava da giorni, la donna dal camminare incerto, con la borsa colorata di nastri. «Domani», disse, «la ritroverò, all'ora del tè, davanti allo specchio, oltre la vetrata».

I cavalli erano giovani, forse gemelli, continuavano il loro gioco crudele. Lei cadde all'indietro, tra le pietre, nella strada bianca. Il sangue le colava dal naso, non fece in tempo a risalire sulla carrozza. La figura all'interno appoggiò due dita contro il vetro.

Il pesante cancello di ferro si richiuse, automatico come un ascensore.

Sulla strada, dalla parte contraria, camminando all'indietro, apparve Klaus. Teneva la borsa dei documenti legata attorno alla vita e le braccia erano libere. La prima volta, sul palmo della mano egli reggeva un vassoio.

Non riusciva a tamponare il sangue del naso. Gli zoccoli dei cavalli avevano divelto le pietre. Non poté che attendere l'arrivo di Klaus. Le fu sopra in un balzo. La borsa cadde, le carte bollate scivolarono come foglie strappate, impiastricciate di fango.

Il sangue agì istantaneamente. Il primo a scomparire fu il nome di suo figlio. Fece appena in tempo a leggere: «Friedrich affidato a... il giudice dei minori...».

Raggi di luce attraversavano la notte. Note cantavano intorno con dolce chiarezza. Un grande occhio chiaro la risvegliava dai dolori e faceva scintillare i risalti delle facciate come canne d'organo.

I vetri della costruzione di fronte rimandavano riflessi di rasoi. Riprovò il gioco delle dita sugli occhi. La luce continuava a ferire.

Oltre la porta semichiusa usciva lenta l'acqua. Si

spiegava l'odore che respirava da ore. Non poteva sostenere a lungo l'umido, le paralizzava il respiro. Improvvisa riprendeva la paura di ammalarsi. La bombola d'ossigeno le era rimasta attaccata per giorni. Intanto il bambino era nato e respirava anche per lei. Era suo quel lungo grido che sentiva? La sua vita ondeggiava nel vuoto... era così il mondo lunare che da bambini abbiamo amato. L'urlo di vita lo udì allungato come in un tunnel.

Ancora fissò i platani, i rami formavano una solenne arcata, era come trovarsi in una cattedrale. Si susseguivano giardini sonnacchiosi, vezzeggiati come bambini alteri. Le ville dietro i giardini erano silenziose. Intuiva gli interni colorati di verde e azzurro, vedeva la luce filtrare dalle persiane e lasciare sul pavimento una lunga striscia. Ascoltava il cicaleccio, piccole e brevi risate. Bambini con calze bianche gustavano biscotti al miele. Si inoltrò nel viale. I degenti seduti sulle panchine erano stranamente immobili eppure sentiva i loro sguardi pesarle sulla nuca, sulle spalle. Un androne buio l'accolse e il freddo le intorpidì le caviglie. Il corridoio era lungo e le porte tutte uguali. Un uomo vestito di grigio le rivolse la parola, le camminò a fianco oltre una porta a vetri.

Attese in un angolo. Non fece domande.

Una figura nera frusciante, senza volto, passò accanto e le consegnò una carta bianca rigata da striscioline azzurre: sì... in una notte del sangue si era rappreso e altro sangue l'aveva catturato.

Una suora dal viso gelido, la pelle tirata e gli occhi acquosi da non riuscire nemmeno duri, le urtò il braccio. Il responso le cadde e lei alzò la testa, sorpresa che una suora non le chiedesse scusa. La suora si girò, le vesti emanavano uno strano odore, tra il medicinale e qualcosa andato guasto. Katharina ebbe un moto di disgusto e appoggiò la mano sul viso caldo a proteggere il naso.

Dietro la porta passavano e ripassavano persone.

Non si sarebbe mai liberata di quelle figure, forse avrebbe annientato quella cosa informe dentro di lei. Le prese a sanguinare il naso. Una ragazza robusta con il grembiule bianco le passò davanti in fretta con alcune boccette e le porse un batuffolo di ovatta.

Uscì senza voltarsi. Era calata la nebbia e non c'era più nessuno sulle panchine. «Meglio così», si disse, «non mi guarderanno».

Era difficile fare ritorno da quel regno nel quale si inoltrava. I mostri sbarravano la strada davanti al castello di Alcina e lei non avrebbe provato a sollevare lo sguardo verso il sole. In quel regno le immagini si condensavano, fitte come i capelli umidi che le pesavano sulla nuca.

Avesse potuto risentire quel grido di vita. E un altro ancora ne riascoltava, il grido che aveva udito da Friedrich più tardi, quando egli lo rapì. Era una mattina chiara di marzo e non si fece mai sera. Ma non fu lo stesso grido.

Il rubinetto doveva avere riempito il lavello intasato da una soluzione calcarea.

Si scosse dal lungo torpore. La luce era più decisa. La tenda tirata a metà lasciava intravedere distintamente l'alta costruzione di fronte, una superficie di vetro nella quale si distinguevano le linee opache del ferro. Il segno netto dei tempi le stava dinnanzi, non imponente ma sufficientemente forte da farle desiderare di rimanere ancora sul basso divano.

Sdraiata osservava meglio gli angoli dei lastroni di cristallo.

L'architetto viennese, nella sua concezione dell'uomo e della città, aveva suggerito che, attraverso quella superficie intatta di cristallo, il nuovo si amalgamasse al passato spontaneamente. La luce penetrava gli interni liberamente. Il sole, battendo sui vetri, li avrebbe riscaldati d'inverno e il calore sarebbe filtrato agli angoli, anche se il ferro era curvato dalle macchine a perfezione.

Non più uomini. Lontane, immagini sfocate, rimanevano le schiene ricurve, le piccole sagome e il loro scalpiccio nella filigrana da orafi delle pietre aguzze. «Tutto bene. Il passato è solo nostro». Le figure ammantate d'azzurro non avrebbero potuto sporgersi da queste finestre di vetro, che radevano l'abisso come occhi da una cima e raccoglievano la proiezione mobile del cielo.

Erano pur sempre i cieli, azzurri in primavera, che il grande architetto contemplava. Egli aveva insegnato come inserirsi nell'atmosfera. O bastava qualche chilometro d'aria per far dimenticare Venezia e i vetri soffiati che prendevano anima dalle fiamme? Da una di quelle finestre tagliate con il diamante, forse dall'ultima, qualcuno guardava il mare. Nelle giornate limpide, quando la nebbia del mattino si frantumava per incanto, chissà se la laguna si indovinava.

La luce del giorno avanzava, si posava incurante sul divano disfatto.

Katharina non aveva le pretese del vecchio cane che quando non riusciva a mettersi a posto la cuccia si indispettiva. Il bambino allora era piccolo e continuava ad averlo negli occhi nello stesso modo. Il bambino e il cane li avrebbe ritrovati, alzandosi e raccogliendo la sacca schiacciata la sera prima da Bertrand Smoleck. Conosceva il punto dove era stata scattata quella fotografia, poteva andarci, chissà se il muricciolo al quale Friedrich si appoggiava era rimasto.

I cancelli del palazzo si erano chiusi alle sue spalle con la velocità di porte automatiche. Si aprivano solo dall'interno. Lei comunque era fuori e chiavi non ne possedeva, mai avevano pensato d'affidargliele. Si sorprendeva sempre quando vedeva qualcuno armeggiare intorno a un mazzo di chiavi, le sembravano persone così diverse e importanti.

Con una mano si coprì il volto, ma gli occhi restavano aperti. Provò a passare la mano distesa a ventaglio e gli occhi continuarono a essere aperti. Rimangono aperti gli occhi dei morti se qualcuno non li chiude.

Era fuggita attraverso il giardino quella notte. Ricordava il vento tra gli alberi, un grido così umano, dopo di allora la memoria non l'aveva ricomposto.

«Leopold, avevi fatto quello che era in tuo potere. E poi senza di te al palazzo, con chi avrei parlato la nostra lingua dimenticata?».

Sentì l'umidità crescerle attorno, e strinse una narice dopo l'altra per liberarle. Il respiro diventava difficile, allora aprì la bocca per recuperare previdente dell'aria.

Spostò il corpo verso la porta chiusa. Un bottone staccato dal soprabito di Bertrand Smoleck le premette contro il seno.

Fu nella posizione giusta e sprofondò le mani nelle tasche del soprabito: c'era solo un biglietto stropicciato della Fenice, avevano dato l'*Ifigenia in Tauride*.

Capitolo VII

Dormiamo quando le nostre palpebre sono abbassate, i nostri pensieri sono allora sogni.

Il direttore d'orchestra socchiude gli occhi eppure vede gli orchestrali, li segue e li anticipa. Esili vene tramano l'oscurità, si aggirano tra le note, prendono forma, si moltiplicano come cifre impazzite.

Esiste una storia con le origini in labirinti inesplorati, ricoperta dall'intrico di rami ingannevoli. Quanta delicatezza deve possedere l'archeologo che li riporta alla luce, il terreno rivela d'improvviso vuoti, dove i corpi e le cose si dissolvono, o strati di oscurità con differenze impercettibili.

Katharina affondava lo sguardo oltre l'ombra che l'avvolgeva, cercava di penetrarne il segreto. Era vicina ad afferrare qualcosa. Si apriva un ritorno nel viaggio sconosciuto. Percorreva uno specchio d'acqua, profili di immagini vi fluttuavano ma non distingueva le pietre e la sabbia del fondo. Provava freddo, la pelle era madida. Ma non era completamente buio, nell'acqua vibrava una trasparenza, un chiarore. La stanza era divisa da un riverbero.

I frammenti di quella storia le danzavano davanti come marionette deformi.

La stanza affondava in penombra. Il respiro solo incrinava il silenzio, lo rendeva torbido di particelle. Una rete di vortici. In laboratorio i filamenti l'attiravano. Dietro il cristallo luccicava uno schermo nero, l'addensamento più lieve si percepiva. Le parole si cercavano nel fondo, un'oscurità che non le copriva ma le rendeva evidenti. Nella penombra umida i pensieri scintillavano, si aggregavano, precipitavano. Come i liquidi limpidi e fermi nelle beute. Quelle particelle doveva riuscire a fissarle da vicino perché si sgranavano come gocce di mercurio e afferrate erano subito distanti.

Delle gocce di pioggia del mattino rimaneva una velatura sulla siepe che chiudeva il prato. Aveva percorso il parco, camminato in tutte le direzioni.

La certezza del quadrato la obbligava a spostarsi. Andava sino al cancello, se ne allontanava, girava intorno. I rumori dei passi sembravano sospiri sulle foglie battute, l'umidità le faceva scricchiolare lievemente. Camminava con le spalle ricurve. Provò un dolore fitto alla nuca e girò il capo verso le cime degli alberi di cui non conosceva il nome. Una palla rimbombava, battuta da qualcuno al suolo nello stesso punto. E sempre gli stessi passi laggiù nella polvere.

L'infermiera entrava nella stanza. Zigomi larghi, fronte bombata. La luce era minima, non vedeva i suoi occhi. Lasciava una boccetta bianca sul tavolino freddo, spesso urtava contro la sedia. «Non parla», pensava Katharina, avrebbe voluto conoscerne la voce, ma usciva sempre appena lei muoveva le labbra.

La striscia di luce si allargava. Sempre quelle particelle, un brulichio dove cominciava l'ombra. Il pavimento era lucido, viscido. Sentiva la mano destra fredda, «sempre la destra», pensava, «con questo caldo, la mano fredda». Alle dita un formicolio, punture bruciavano la pelle indolenzita. Il silenzio invadeva la stanza. Voleva uscire. «È troppo debole». Lo sapeva.

Il sole si faceva forte. «È già pomeriggio, è l'ora delle ombre... si allungano sul muro e scoprono le rughe della calce».

Immobile, con la paura di un fruscio... così lontana dalle cose, rannicchiata in un punto solo del grembo fermo. Rare figure riflesse nel soffitto, si muovevano. L'appiccicava un sudore caldo. «C'è una differenza... ora le figure attraversano l'uscio, si espongono nel varco della luce, si fermano sul pavimento. Si potrebbero catturare. Hanno margini inquieti, le foglie oscillano, il movimento si dilata nel pulviscolo».

«Prendi il libro», lui le diceva, «leggilo, attentamente». Cancellava ogni possibilità di ribattere alla decisione di lasciarla. E usciva. Le ordinava di leggere un libro o l'altro, e non la rendeva libera di vagare in sua assenza. Un libro rimaneva tra loro, e le parole scritte che Katharina leggeva per soggezione scivolavano, come una nube di particelle, nell'ombra della fessura. «Sai, è come una città... tutta da scoprire...».

«Sì», rispondeva rapida, e i suoi occhi raggiungevano lo sguardo di lui posato su un punto appena più alto della sua testa; fissava sempre oltre il muro di cinta prima di uscire.

«È inutile che ci pensi». Piegava la testa contro le ginocchia, il ventre bruciava e gli occhi si annebbiavano, il calore batteva sotto la pelle delle tempie. «Era piegato così, stretto… quando lo strapparono dal ventre». Rivedeva le ombre sotto la porta, allungarsi, arrivare sino a lei, coprirle le spalle.

«Ma io ti amo veramente», ella diceva. Osservava intensamente le sue spalle contro la finestra. Guardava la sua pelle, corrosa da piccoli punti d'ombra, forse erano lentiggini e il sole le aveva rese più scure.

«Ora devo proprio andare», lui diceva.

La sdraio veniva aperta. Sentiva il rumore secco del legno, e l'appoggio frugare nella ghiaia. Le ombre la seguivano, all'aperto l'aria era irritata.

Cambiava posizione alla sdraio. Ora l'umidità rendeva l'ombra opaca. L'infermiera ritornava, apriva la mano, particelle bianche aspettavano che si schiudesse il palmo dell'altra mano. Una striscia d'amaro in gola. Non le portava l'acqua. «L'acqua è nella mia bocca», pensava Katharina.

Si addormentava, o pensava di dormire.

Durante la notte non aveva dormito. Non un rumore, nulla, e il silenzio ovattato la spaventava. A intervalli avvicinava le mani alle orecchie per avvertire una differenza dentro a quel silenzio insopportabile. La resistenza si affievoliva e, per non gridare, si alzava a tentoni e cercava di aprire la porta che dava sul giardino. La notte copriva ogni cosa, anche i passi era impossibile rintracciare. Cercava affannata la siepe, qualcosa le veniva incontro, il roseto con i suoi rami amputati. «Ci sarà rumore domani», pensava, «quando cercherò i suoi passi nella ghiaia».

Il sole stringeva le ombre in fondo al viale.

Lui si avvicinava con il fascio dei giornali sotto il braccio. Sentiva il suo sguardo nel vuoto delle idee. «Ah, Ines ha scambiato ancora le pillole del giorno con quelle della notte». Un libro gli scivolava sulla camicia di lino. Il titolo era lungo. «Strutture... frammenti... fisica... nella lingua». «C'est la vision des nombres»[1].

Il parco era deserto. Nessun rumore veniva da dentro, solo larghe fasce di scuro e di umidità. «Mi passa vicino... Riesco a vedere i suoi occhi... è stato sempre

[1] «È la visione dei nomi».

difficile guardare i suoi occhi... è strano, è come se non li avessi visti mai, hanno un colore che non so definire».

La sdraio accanto rimaneva vuota tutto il pomeriggio, era ancora aperta e lui lasciò cadere i giornali e il libro. «Strutture… frammenti...». Katharina metteva insieme, girandole, le parole del titolo, pensava a una formula ritrovata, ai giorni in cui nel gabinetto di fisica mancava un frammento a completare l'analisi.

All'interno faceva più buio. Katharina girava la fronte oltre la sdraio. Guardava la sala. Nessuno aveva acceso le luci.

Il pullover era scivolato tra le due sdraio. Lui si avvicinò. Sentì il suo respiro. Era appena sbarbato, il viso nel chinarsi odorava di colonia. Raccolse il pullover e lentamente glielo appoggiò sul ventre. Non parlava, pensava che lei dormisse.

La schiena era attaccata alla sdraio. Non avrebbe potuto che posarlo sul ventre.

La macchina un giorno sulla strada ombreggiata dalle betulle, la sua mano sul volante leggera... «Voglio la tua mano sul ventre». La macchina ferma, una macchia di verde cupo sotto i corpi. «La tua dolcezza, non togliermela». «Prendimi forte, in fondo, oltre gli alberi, è già buio».

Aveva creduto che il sonno le recasse sollievo e che i mostri di guardia alle sue porte si animassero in quell'acqua limpida e silenziosa. Si era ritrovata in un tunnel dalle pareti molli e ora la luce la irritava. Le ombre si affaccendavano in pieno giorno. Il sole entrava dalle finestre disadorne, rischiarava quella stanza senza desideri, le vie rumorose, gli hotel ormai desueti.

Nulla tratteneva la quadriglia delle figure sconnesse, lottava contro quelle immagini senza limiti di tempo e di stanchezza.

Dove finiva la cantilena del vecchio Leopold, le labbra assumevano il tremore delle paresi senili. I tempi erano trascorsi e le minacce non si dichiaravano, seguivano il silenzio di congegni strani. Quando il commercio aveva scosso la dipendenza dall'impero e gli slavi erano una garanzia per Franz Joseph, il popolo aveva avuto la sua quinta curia e la concessione nascondeva un disegno. Ora gli slavi ripassavano ogni sera il confine e anche l'ombra del maestro di tombe regali si era allontanata, in altre periferie incontrava adolescenti ai quali donare monete.

La sacca stava davanti a lei, sulla poltrona sfasciata dall'usura. Poteva raccoglierla, e inoltrarsi negli abissi della fantasia o nei meandri dei sobborghi di una città moderna. Una mano assassina poteva colpire chiunque, era inutile che si affannasse.

Fece qualche passo in punta di piedi. «L'equilibrio», pensò, «conquistarlo forse non è così difficile». Era in sintonia con la stanza. A occhi chiusi raggiunse il comò e prese il bicchiere dal fondo lattiginoso. Sfiorò il divano. Le punte delle dita non erano più in esercizio oppure aveva ancora sonno.

«Devi andartene», le aveva sussurrato Leopold quella notte, «quando sarà il momento, farai attenzione. Non lascio biglietti, il ragazzo che lo segue se ne accorgerebbe. Cambierò la disposizione dei fiori secchi nel vaso cinese. Non ci sono più fiori nel giardino, l'uomo che li curava non viene da tempo. Uscirai dalla porta sul giardino. È buia. Egli ha deciso così, anche prima del male, le sue collezioni vogliono ombra. Al bambino penso io, sono riuscito a sapere dove nasconde la chiave della stanza gialla. Non rimanere, i medici l'hanno detto. Il male lo porterà a collere sempre più gravi contro di te, contro di noi. Non si accorgerà che a mattino inoltrato della vostra assenza. Non preoccuparti per me. Ricordati la via nella città vecchia, al n. 9.

Come sai, le vostre valigie sono chiuse, pare che neppure lui riesca più ad aprire la stanza. Ti ho preparato la mia valigia piccola, quella che mi accompagnò qui a servizio. La troverai sotto il sedile della vecchia carrozza. Dentro ho creduto ti facesse piacere ritrovare il cappotto del bambino con il collo di astrakan e i due pullover che fece la tata. Il resto è tutto chiuso.

Farò in modo di dimenticare accesa la luce del portico che porta alla stalla. È una luce bassa. Non urtare contro le assi divelte, hanno ancora i vecchi chiodi. C'è troppa roba ammassata.

Ricordati, i fiori secchi saranno divisi, nel vaso rosso cinese».

Leopold non aveva potuto dirle altro. Lungo il corridoio si udirono dei passi striscianti. Qualcuno aveva ascoltato, o il vento aveva richiuso uno scuro della finestra sul giardino.

Nella notte stabilita, Leopold doveva essere stato impedito o qualcosa aveva spezzato il ritmo dei preparativi. Gli orologi erano tutti nelle stanze delle bacheche.

Con difficoltà Katharina uscì dal lungo corridoio che si restringeva all'improvviso. Urtò più volte contro gli stipiti. Gli angoli dei cassettoni erano appuntiti, il fianco destro ne fu provato, dovette abbassarsi sulle ginocchia e premere con la mano per non gridare. Trovò la maniglia arrugginita della porta sul giardino, la girò lentamente prevedendo il cigolio più stridente nel buio e nel silenzio. La porta cedette. Non provò nessun contatto, come se portasse i guanti. Fu allo scoperto. Aveva previsto il vento, non la pioggia che ora cadeva dritta sul suo viso.

Il portico non era stato accomodato da anni, le tegole mancavano in più punti. Attese un poco, schiacciata contro il muro. La luce della stalla si sarebbe accesa. Si accorse di chiedere qualcosa nelle due religioni che confusamente, senza approfondirle, aveva sentito da bambina, e di pensare alla strana misericordia alla quale Leopold si rivolgeva. L'aiuto non le venne.

La porta, che Leopold le aveva consigliato, si richiuse alle sue spalle, dall'interno e di scatto. Non le rimaneva che oltrepassare le assi ammucchiate nel portico e restare accovacciata sotto la carrozza. Annaspò per trovare la valigia con gli indumenti per il bambino, le mani erano scoordinate. La sentì al tatto, era proprio sotto al sedile sconnesso.

Le mani e il respiro si placarono. «Al posto di guida», pensò, «troverò la coperta». Con la piccola valigia e la coperta scese dal predellino di quella che era stata una bella carrozza, ma che aveva visto sempre in disuso. Si nascose al riparo.

Due o tre volte nella finestra dell'abbaino vide accendersi e spegnersi una luce. «Leopold vuole forse dirmi di rimanere». Ma la porta si era chiusa. Era definitivamente fuori.

La pioggia diminuiva e la notte era meno oscura, ma l'umidità si era infiltrata nel cappotto. La pioggia aveva impedito a Leopold di portare il bambino.

L'imballo vuoto nel quale si era rattrappita aveva il doppio fondo. Il ticchettio delle gocce l'assopì. La coperta conservava tutti gli odori e intatto quello della vecchia cavalla. Starnutì.

Il giorno che la vide per la prima volta, la cavalla nitriva forte ed ebbe un brivido quando l'accarezzò.

«Perché trema così?», chiese. «È solo vecchia», lui aveva risposto, «bisognerà provvedere». Le girò subito le spalle, per lui il discorso era concluso. A poca distanza, Leopold trasportava delle sacche dalla stalla alla casa. Lungo il tragitto disseminò delle cose senza vederle ed ella corse per aiutarlo; fu sufficiente perché lui si girasse bruscamente e la richiamasse. Ma lei non ascoltò; fu la prima di tante risposte.

Non passò molto tempo e alla cavalla cominciarono le febbri. Allora Leopold dimenticava la notte di chiudere la porta sul giardino. E Katharina usciva di nascosto per andarla a vedere, e la copriva con la coperta che ora copriva lei.

Una notte lui se ne accorse. Al mattino fu deciso che al suo stato di gravida la malattia della cavalla nuoceva. E in uno di quei giorni, all'alba, quando il sonno diviene fluido e i sogni sfumano come vecchie fotografie macchiate d'umido, ella udì uno sparo. I suoi occhi si aprirono. Nella stanza nulla era cambiato, faceva freddo, molto freddo. Raccolse il piumino e si coprì. Volse il viso verso il muro, compatto come una colonna. Aveva sbagliato nella scelta, anche di quella stanza da letto.

Un peso premeva contro il suo ventre, tanto forte da temere che nel punto culminante si producesse un foro.

Non udì che la voce di Leopold lontana. Non riusciva a capire, eppure parlava la sua lingua. Rimaneva sospeso il suono della voce e le parole si scioglievano.

Il ventre assunse contorni dilatati e si assottigliò come carta da musica. Era un tamburo che non emetteva suono. Lo strascicare dei piedi malati di Leopold divenne convulso. Uno scuro difettoso cadde sbattendo. La porta si aprì e l'urto dell'aria spalancò la finestra. Le foglie di novembre entrarono veloci, strisciarono furtive sul pavimento lucido, mescolandosi a batuffoli imbevuti di un colore scuro rossastro di tintura.

Una mano pesante si appoggiò sulla sua fronte per qualche attimo, poi strinse la sua mano lungo il corridoio dai muri troppo bianchi.

Fu l'urlo della sirena a spezzare le ultime perplessità di fronte al sorgere dell'alba.

Passarono ore nella stanza di Bertrand Smoleck. L'idea che egli tornasse a riprendere la valigia le avrebbe dato conferma che il suo corpo durante la notte era stato sfiorato, che il caffè e l'orchestrina sbilenca esistevano.

Le sarebbe piaciuto ripercorrere quelle strade, sedersi di nuovo lungo il viale.

La pioggia nella notte aveva esaurito le riserve. C'era uno strano sole al di là della finestra e con quella luce doveva venire a patti. Avrebbe preferito la pioggia. Gli occhiali scuri non c'erano più, forse li aveva lasciati sul tavolo del caffè accanto alla bottiglia vuota. Era deserta e buia quella stanza, non le serviva difendere gli occhi, riposavano nella penombra.

Scoprì un frigorifero basso del quale non si era accorta. Stava dietro una porta che era rimasta semiaperta e lo aveva nascosto. Non era neppure bianco come tutti i frigoriferi. Qualcuno che aveva abitato più a lungo la stanza l'aveva ricoperto con della carta scura a pallini che ora in alcuni punti era scollata. Il rumore doveva disturbare il corso dei pensieri di Bertrand Smoleck, perché la spina era staccata.

Lo aprì, anche se ne indovinava l'interno. Il vuoto la sorprese. Nel posto della frutta trovò una scatoletta di sardine di buona marca. Sul ripiano della carne due mele d'importazione di un colore verde acido, dure e fredde, sembravano di marmo. L'acqua minerale era finita e la bottiglia mostrava un deposito fermentato. Nello scomparto del burro, c'era dello Schwarzbrot. Accarezzò la carta velata, toccò il pane.

«Seltsam, gerade das Brot, das ich am liebsten esse... also auch Bertrand Smoleck isst es»[2]. Lo rimise a posto, rimandando l'appuntamento: «Bis später»[3].

Sentì scendere ancora l'acqua, oltre la porta; la irritava.

[2] «Strano, proprio il pane che preferisco... allora lo mangia anche Bertrand Smoleck».

[3] «A più tardi».

Si alzò di scatto. Sollevava la testa così quando le lavavano la testa da bambina, nessuno mai la convinse che non si sarebbe soffocata.

Il gocciolio lento continuo nella notte aveva saturato il lavello. L'acqua debordava.

Raccolse gli abiti da terra. Il corpo nudo si curvò, i movimenti divennero rapidi. Il filo d'acqua era la sua diga spaccata.

Prese la sacca di cuoio dalla poltrona. Lo sguardo le cadde sulla valigia di Bertrand Smoleck. L'appoggiò sull'unico comò della stanza. Si accorse che era vuota, in un angolo lesse un nome sconosciuto.

Chiuse la porta alle spalle. Le chiavi non le aveva avute.

Capitolo VIII

Urtò un fattorino in bicicletta. La cesta con il sacchetto cadde a terra. La carta si ruppe, ma il pane rimase intatto. Katharina confusa si chinò a raccoglierlo. Anche il ragazzo si piegò, le sorrise, le offrì una brioche ancora calda. L'accettò, contenta: un profumo di forno, di farina e marmellate fuse nel calore.

«E adesso come fai?», chiese. «Dovrai ritornare al forno. Posso venire con te e le compro io».

«Non ti preoccupare», rispose il ragazzo, «ne prendo sempre qualcuna in più. Mi capita di fare degli incontri. Giorni fa ho conosciuto una straniera, era elegante, anche tu lo sei».

«Debbo andare», si decise Katharina, «debbo proprio».

«Vieni al forno uno di questi giorni», le gridò il ragazzo, girando la bicicletta come gli acrobati.

Allora desiderò sedersi da qualche parte. Rivolle le parole di Bertrand Smoleck.

In fondo alla tasca del soprabito, conservava una pallottola di carta, gli appunti che lui aveva dimenticato nel cestino bucato. Sulla carta stropicciata la grafia minuta e frammentata aveva annotato «sciogliere il problema del tempo... lo scienziato che ha tentato di comprendere il vissuto del tempo dei suoi malati ha finito per arrestarsi con loro».

Girando l'angolo della via percorsa la sera prima, avrebbe ritrovato la sala delle prove. Forse, passando vicino, l'avrebbe visto per caso. «Ma come si cerca un direttore d'orchestra quando sta provando? È come chiamare qualcuno che non c'è. È come chiamare un bambino morto».

E poi Bertrand Smoleck era partito. Il concerto forse non si teneva neppure in quella città. Doveva già essere a Berlino.

Katharina aveva dormito molto, un sonno soporoso e ineguale. La lingua si era gonfiata, faticava a inghiottire la saliva. «Infine», si disse quasi a voce alta, «avrei potuto capirlo, si può capire anche il difficile». Ora Bertrand Smoleck le mancava.

Pensò alle sue mani, quando egli stava davanti alla finestra voltandole le spalle. Con un movimento lento faceva defluire il sangue dalle dita ai polsi, lo faceva di nascosto, un movimento confuso, come un'improvvisa paura.

Il sangue rallentava e le mani rimanevano bianche e ferme come soprammobili. Allora la sua schiena si piegava oltre la ringhiera del balcone, giù nella notte per guardare l'asfalto umido. Era una posizione di estrema fatica. Le braccia si muovevano a scatti, senza continuità, dirigevano una musica diversa, si allontanavano dal corpo come rami di betulle appassite.

Nel palazzo di vetro si spegnevano alcune finestre, lucciole di primo autunno.

«Sai», le aveva detto, «dovresti guardare giù nella strada di notte qualche volta, nelle città dove capiti... Du solltest es tun, Katharina»[1]. Girandosi il suo sguardo scuro aveva un alone in più. Erano passati degli anni in un attimo. E le aveva allungato le mani. Niente aveva fatto per lui in risposta a quel gesto. Poi, come un bambino che la mamma non ha accarezzato come egli voleva, le ritirò bruscamente e puntò l'indice verso la costruzione di fronte:

«L'architetto non ha certo avanzato teorie estetiche nel deserto... Vedi, ogni materiale usato vuol apparire qualcosa di più e di diverso rispetto alla sua sostanza. Osserva, lo stagno imbiancato prende la maschera del marmo, la cartapesta del legno di rose, il gesso della pietra, il vetro dell'onice. È toccato a qualcuno fare l'amaro bilancio della Secessione: ideali che svanivano e si rivelavano legati a strutture sociali esistenti. Sai, l'opera d'arte viene messa al mondo senza che vi sia

[1] «...Dovresti farlo, Katharina».

necessità di usarla. Essa vuole strappare l'uomo alle comodità, per questo è rivoluzionaria».

Bertrand Smoleck aveva ritirato bruscamente la mano dal suo corpo. Il profilo gli si irrigidì:

«Si può misurare la cultura di un paese, ha detto un architetto a Vienna, dal numero di scritte che coprono i muri dei gabinetti».

Ora il suo sguardo era duro, come se non dividesse con lei la stanza:

«I rapporti naturali sono stati rovesciati. È l'orchestra che esprime i toni dominanti, i cantanti sono un complemento. Si vuole decidere se la musica possegga un carattere definito? Allora non si può prendere in considerazione altra musica che quella strumentale».

Katharina, sciogliendo le sue mani, aveva chiesto, per prolungare quel filo di pensieri e di voci:

«Non esiste una certa connessione fra musica ed emozioni? E non è un canone di estetica?». Bertrand Smoleck aveva ritirato le sue mani. Così bianche potevano uccidere, erano bianche come il corpo della ragazza serba. Ma avrebbero continuato il loro ingenuo movimento rotatorio nel dirigere, imporre. Allora sì, si riscaldavano forse un poco.

Katharina passò più volte davanti all'androne. Gli odori che ne esalavano gliene richiamavano altri.

Mentre abbassava gli occhi sulla strada e stringeva

le labbra per non contaminarsi, notò che accanto esisteva una piccola porta bassa. Era un negozietto di uova e vino, così diceva la scritta.

Entrò furtiva, e le labbra richiuse si aprirono per rispondere al sorriso che l'accolse.

La donna indossava una gonna a pieghe piatte e profonde come nei costumi, una camicia inamidata color uovo abbottonata fino alla gola. Sopra i bottoni minuscoli a perla riluceva un medaglione ovale, un po' sfocato, doveva essere una fotografia. Le piccole mani portavano anelli di oro giallo, imprigionati da anni e un po' nascosti dal gonfiore delle dita. Sarebbe stato difficile anche per un orafo liberare quello spazio dalle molte cose avute e lasciate. Il sorriso sembrava più largo per un gioco di proporzioni con la pettinatura, le trecce arrotondavano la piccola testa. Calzava babbucce di stoffa che indicavano una regione precisa, Katharina non rammentava quale. Il piccolo piede non doveva trovare calzature adatte, anche se non era stato forzato da fasce. Aveva un modo di muoversi agile e giovane, tuttavia riusciva difficile attribuirle un'età.

Quella stanza senza finestra era il suo negozio. La donna serviva il vino in bicchieri piccoli, di colore celeste, bordati di blu a piegoline. Erano bicchieri di vetro semplice, eppure Katharina non se li aspettava. Le sembrò di bere un elisir anziché del vino. Le uova bianche stavano nel cesto largo con sotto la ciambella poggiatesta.

Solo la porticina bassa che dava immediatamente sulla stretta via non permetteva di pensare a una illusione. Era come trovarsi in un palcoscenico di cartapesta dimenticato da teatranti di passaggio. Non si conoscevano più le parti e il copione era da inventare. Un tempo non c'era un teatrino dietro a Portizza? Forse, per gentile concessione della donnina, si tentava un primo atto. E la stanza senza finestre era lo scenario d'intervallo, gli stanchi attori nulla potevano gustare se non un garbato elisir di vino sfumato con l'uovo.

Ai lati della porta due tavolini ovali si urtavano. Una panca stretta addossata al banco di vendita occhieggiava la strada. Delle ciotole contenevano lane colorate e pelose, unite alla verdura.

Katharina non parlava, come quando si è trovata una giusta posizione e si teme che al minimo soffio la piuma sposti il suo calore. Aveva l'abitudine di dimenticare l'orologio, ma intuiva che era l'ora pomeridiana.

La donna, interpretando il suo bisogno, non si muoveva. Si limitava a trasferire delle palline di carne dalla carta stagnola al piatto. Gliene porse una dicendo:

«Pripremicéno ih mi od samljevenog mesanog

mesa. Hm! Hm! Tako su dobre, sa svim mirisima sume koji imaju»[2].

«Imaju sve miris sume»[3], commentò Katharina.

«Govorite dobro nas jezik»[4], disse la donna.

«Stvarno? Nisam to primetila»[5], rispose Katharina incerta e sospirò: «Steta sto ovde pored postoje ta ogromna vrata za koja neznas kud te mogu odvesti»[6]. Poi chiese: «Ko li uopste moze ziveti tamo?»[7].

«Nisam nikad bila unutra», si schernì la donna, «od skora sam ovde. Mislim da taj tako neprijatan miris koji dolazi iza tih velikih vrata je od boie koja se nanosi na tek ustavljenu kozu, ali ja na srecu nemam prozore. Vidite, iza one zuckaste flase bila je spijunka, ali ja sam i nju zatvorila»[8].

Uscì dalla bottega del vino all'angolo della piccola

[2] «Le facciamo noi con una carne mista che maciniamo apposta. Sono buone».

[3] «Hanno tutti gli aromi del bosco».

[4] «Parla bene la nostra lingua».

[5] «Davvero? Non mi ero accorto di saperla».

[6] «Peccato che qui accanto ci sia quell'androne».

[7] «Chi vivrà mai là dentro?».

[8] «Non sono mai entrata…è poco che sto qui. Penso che vi sia quella vernice colorata che danno dopo la concia delle pelli. L'odore è disgustoso e io non possiedo finestre. Vede, dietro a quella bottiglia gialla c'era uno spioncino, ma io l'ho chiuso».

piazza che voleva essere un giardino. L'erba era rada, cresceva a ciuffi. Qualche fiore circondava la statua centrale. Un cartello ammoniva «le piante sono velenose...».

«Me ne vado», pensò Katharina, «forse il veleno è anche nel suolo, per questo l'erba non cresce. C'è qualcosa in quest'aria, la circoscrive. Bisogna chiudere le porte prima di sera e aprirle all'alba».

La biblioteca era ancora aperta. Salì le scale di pietra. Sentì un contatto familiare sotto le suole sino all'ingresso.

«La distribuzione dei libri è terminata», le fecero notare, «se vuole controllare qualche scheda...».

«Vorrei parlare con la direttrice», chiese, e sedette in attesa.

«Stiamo chiudendo», le dissero dopo pochi minuti: «per questo giorno è inutile che aspetti ancora. Ritorni domani».

«Domani», si stupì nell'ascoltare quella corta parola. Uscì distratta incrociando un gruppo di scolari.

Poco avanti il palazzo. Appose la firma nel registro bianco e salì le scale. La mano guantata strisciò lungo la balaustra rossa setata, tolse il guanto per sentirne il contatto gradevole. A quell'ora nel palazzo non c'era nessuno. Un chioccolio d'acqua. Quasi fosse un museo aperto per lei. Lentamente si inoltrò sulle scale a raggiera di marmo chiaro.

Il custode era unico, controllava dal piano terra. Non aveva alcuna intenzione di salire, la visitatrice gli faceva buona impressione. «È meglio», pensò, «ho sempre odiato guardare i quadri con qualcuno alle spalle. Misurano il tempo, quanto stai ferma. E se i minuti passano cominciano ad agitarsi come se consumassi i loro cimeli. Infastidiscono».

Le scale erano al buio, le tende tirate, impossibile spostarle, ogni tenda aveva un ferro come peso in fondo; «un modo per essere certi di annegare». L'assenza di luce danneggiava i quadri, l'oscurità e l'umido li spogliavano della memoria. Era troppo buio per vedere i ritratti.

«Una raccolta morta... È inutile che rimanga», decise. «Fanno in modo che al visitatore cali una rete sulle pupille».

Cercò inutilmente un ritratto di Massimiliano. «È giù nei depositi», le disse il custode, «il direttore concede di visitare il magazzino, ma in questo momento è a Budapest per un concerto».

Ripercorse le pareti di una sala. Conosceva i punti dove si trovavano le porte, sapeva quello che le si sarebbe presentato se ne avesse aperta una. Lo fece e ne ebbe la certezza. La linea tracciata portava lontano, avrebbe trovato altre linee chiare ma non oltre lo spazio chiuso. Conosceva l'unica apertura che però non era l'uscita. Nella camera grande i davanzali erano larghi. Si poteva scivolare tra le colonne e vedere il salone degli specchi, i velluti rosso e oro si rifrangevano nelle punte di diamante dei vetri boemi.

Katharina era fuori e il suo corpo respirava; ma gli occhi le si arrossavano e i cristalli ferivano le pupille chiare.

Capitolo IX

Il grande cancello si richiuse alle sue spalle. Ora poteva entrare nel palazzo. Respirò un'altra aria. Aveva la libertà di scoprire gli armadi ricolmi di stoffe preziose e di altre cose sconosciute al suo olfatto.

Doveva fare tutto e presto. Percorse il lungo corridoio fino alla finestra. Si appoggiò al davanzale e le arrivò come un urto, l'aria con gli odori del giardino. Si sporse sullo strapiombo. Oltre i rami intrecciati che impedivano il passaggio a chiunque si avventurasse, c'era il mare. Ma non le riuscì di vederlo, anche per quel giorno il suo sguardo non fu liberato.

Riprese il cammino oltre le tappezzerie che tacevano nelle loro antiche riflessioni. Le pareti erano drappi annodati di trecce e tra esse passava un fruscio di vento. L'aria iniettava furtiva una leggera vita negli oggetti che si scambiavano sospiri. Colti da presentimenti nelle lunghe bacheche freddi vetri boemi attendevano.

«Questi antichi interni non trovano pace», pensò, «dovrebbero concentrarsi in un meritato silenzio, capire che i loro sforzi a nulla riescono contro una storia perduta». Non si poteva scomporre questo silenzio, se non fuori nei lunghi voli dei gabbiani.

Le erano estranei questi fermenti, non sapeva risolverne i parossismi con inutili iniezioni. I silenzi dei vetri delle bacheche non si allontanavano dagli specchi d'acqua del parco.

«Riuscirò a rivedere il mare», si disse, «e ritroverò la valigia che ho depositato in questo palazzo, proprio dietro la porta della camera grande». In quella camera d'angolo, dal letto si scorgeva il mare.

Scostò le trecce che scendevano a drappo e oscuravano la stanza, e si inoltrò in un quadrato largo. Dopo il buio dell'atrio, quello spazio le sembrò immenso, ma non lo era.

Si trovava in un'ampia stanza. «Se non vi fossi appena entrata», pensò, «direi che non vi sono né porte né finestre».

Si sentì spinta all'indietro, le pareti molli la ricevevano donandole un silenzio antico. Portava il soprabito umido sulle spalle e, nel girarsi, le cadde a coprire una bacheca.

I cristalli, inclinati e molati lungo le incassature, custodivano serie di monete che affondavano nel velluto.

Nascose il suo semplice soprabito dietro la tenda. La lezione di sicurezza, alla quale si era preparata, si smarriva come lei, nella penombra di quella collezione. Il cristallo si era appannato per l'umidità del soprabito. Si affannò a pulirlo, ma la mano calda non produceva che larghi cerchi opachi.

Attraverso i vetri un poco diseguali, distingueva a fatica i metalli. Cominciò a seguire l'ordine delle serie, puntando il dito sui cristalli per allontanare lo sdoppiarsi del riflesso. Le striscioline con i nomi sbiaditi segnavano i punti della cronologia, rivelavano le strade dei commerci, gli incroci delle successioni e delle famiglie.

Le monete più antiche portavano profili di ninfe con le chiome intrecciate di cose venute dal mare, di delfini. Bocche vuote di gorgoni marcavano il centro dell'argento. Gli dei degli oracoli assumevano gli sguardi dei generali.

«Il corso della moneta», pensò, «è tutt'uno con quello delle leggi e delle norme». Teste coronate d'alloro o di raggi reggevano cancellerie, muovevano eserciti. Anche la follia era disegnata nei rami delle patine bionde e di malachite: meteoriti adorate, animali massacrati nei circhi. Una certezza la colpì in una moneta slabbrata, nel rovescio il genitale femminile fioriva su un drappo.

Seguiva con sforzo, i vetri le divenivano opachi. Vedeva le centrature cedere sotto torchi stanchi, le leghe farsi vili, i nomi rendersi incerti per le violenze.

Nel segno dell'ortodossia si generavano teorie di volti assorbiti nella cifra del ruolo, con globi e croci. Le effigi erano sottili, le lettere larghe confluivano in un ornamento circolare. Le effigi dei vescovi Giobardo, Volrico, Leonardo, Arlongo avevano il rilievo degli stemmi, la stessa paura del vuoto. Sul rovescio compariva il colle, e la città alzava vessilli sulle mura e apriva tre porte.

Il fruscio fra le trecce aumentò. E il vento dilatava le sfoglie di metallo come le rotte dei commerci, increspava parrucche e broccati e gonfiava le vele dei galeoni. Le nozze di Venezia con il mare avevano un rilievo appena percettibile.

Oltre le tende che custodivano gelose quell'ombra, sentiva la pioggia cadere, scendere diritta nella gronda e spargersi a fiotti sulla grata. Ricordava la pozzanghera, quella parte della casa aveva avuto sempre bisogno di cure.

Su un velluto diverso una piccola luce illuminava la volontà degli Asburgo. Avere occhi senza ombre, ecco cosa avrebbe amato l'imperatrice Maria Theresia, e l'incisore aveva tagliato il profilo come il diadema. Il grande tallero del 1780 portava lettere incise anche sui bordi. «È quello che volevi», mormorò, «non solo i regni di Boemia, d'Ungheria, il Tirolo, il cuore dell'Europa, ma i paesi sognati oltre il mare». Il nonno le aveva mostrato una moneta d'argento d'Africa, eguale a quella anche se l'effigie era di un re d'Italia. «Hanno imitato il tallero di Maria Theresia», le aveva spiegato, «perché per gli indigeni questa solo era la moneta». Franz Joseph aveva occhi lontani e il conio li rendeva più freddi.

Si perdeva in quei profili, in quegli stemmi, incubi che affioravano dall'acqua del mare e imprimevano nelle rocce il loro segno sopra il gioco delle onde e delle emozioni. Le scritte e gli sguardi colmavano con prepotenza un vuoto, quasi le suggerivano il nome che non trovava negli incroci delle lingue e delle strade. Le dinastie si articolavano come i fatti che collegava e si sfocavano in un punto. E così quelle serie terminavano e riprendevano con coni diversi. «Uscite dalla zecca davvero sembrano specchi», le aveva detto il nonno. «I collezionisti le trovano pregiate per questo?», «No, non solo per questo». In quegli specchi si cercava il nome e l'immagine si perdeva.

La pioggia batteva diseguale contro i vetri e i suoi pensieri lottavano contro una superficie di assenza.

La collezione continuava in alto. Alcune cassette erano appese sopra le bacheche dove la parete era più riparata dalla luce. Il legno era scuro e i vetri ben fissati fermavano la circolazione dell'aria. Non vi si ordinavano altre monete, ma farfalle. Spilli neri attraversavano quei tratti d'ombra. Ogni fila ripeteva esemplari simili, solo l'attenzione del naturalista distingueva le varianti. Differenze di colore e d'intensità delle nervature componevano una scala. «Ognuna», pensò, «si adatta alla luce degli ambienti e sperimenta l'accordo con la natura. Esistono nel colore istante per istante. Forse per questo si racconta che le farfalle bruciano...». «Ti brucerai come una farfalla», le dicevano da bambina.

Le farfalle delle vetrine le aveva inseguite nei prati o viste ferme nell'alba come pensieri accartocciati. I pensieri dei morti, così le chiamavano le donne di campagna. Ora i cartellini con la classificazione e la data della cattura le davano disagio, i nomi trafiggevano più degli spilli.

Filigrane ricoperte di bianco farinoso erano l'eleganza del genere Parnassius, con occhi neri e rosa nell'Apollo e una pallida trasparenza nella piccola Mnemosyne. Di pizzo nero si orlavano i gialli Papilionidi, intenso di colore il Machaon, slanciato il Podalirius. Ali che si ripiegavano come foglie avevano le Pieridi e le Rodocere e il mezzo lutto della Galatea si confondeva con i cespi macchiati. Tra i sassi e le erbe si posavano le tonalità bruciate delle Danais e delle Aglaie. Velluti e madreperle sfoggiavano le Vanesse e le Apature e la seduzione le congiungeva alle farfalle che volavano alte nelle foreste dei tropici. Ricami e code permettevano di riconoscere altri Papilionidi e i loro colori avevano catturato una luce che ancora rendeva chiare le vetrine.

Lungo questo corteo era una sorpresa per Katharina, più di ogni ornamento, la presenza degli occhi impressi nelle ali. Gli sguardi d'ombra si facevano più penetranti nelle farfalle della notte; erano grandi e robuste, sfoderavano il colore nel volo. Le Deilephile e le Sfingidi raccoglievano il rosa della sera. L'Acherontia atropos si proclamava principessa delle tenebre. Con la luna le Catocale brillavano di tinte fredde e le Saturnie, i pavoni della notte, sgranavano gli occhi e la grande apertura delle ali.

La parete era trapunta da quegli occhi, anzi erano gli sguardi che si intrecciavano a costituirla.

Gli specchi dei coni e quelli delle ali in modo differente brillavano e rifrangevano in Katharina le grida. Arretrò tra i drappi e ripercorse il corridoio. Oltre le finestre, i rami erano lucidi e neri di pioggia.

Si fece ancora annunciare. Una figura indefinita l'accompagnò in un atrio quasi buio.

Attese in piedi. Non c'erano sedie appoggiate alle pareti di trecce. Attese lungamente, fino a quando, preceduto da un cameriere, egli arrivò.

Katharina indietreggiò lungo la superficie floscia che si aprì nell'ombra. Erano uno di fronte all'altro. Esitarono prima di parlare, tutti e due non avevano scelto in quale lingua farlo. Forse si accorsero di non avere nulla da dirsi e si guardarono per la prima volta faccia a faccia.

Il volto di lui si celava dietro il pallore. Le rughe scendevano dal naso verso la bocca marcando una smorfia di disgusto. Gli occhiali rotondi e spessi nascondevano quegli occhi che non ricordava d'avere mai visto se non dietro vetri duri.

Egli parlò per primo. Katharina si accorse che la voce subiva qualche oscillazione, ne fu soddisfatta e disse:

«Ich freue mich, dich bei guter Gesundheit zu sehen»[1].

Risposero le pieghe del suo viso denunciando un leggero sgomento. Il cameriere che gli stava accanto accennò ad avvicinarsi facendosi avanti.

Allora Katharina si mosse. Percepiva un'altra persona nella stanza. Ne sentiva la presenza, ma non fece in tempo a vederla concretamente che la figura si appiattì nell'ombra. Non riuscì a indovinarne il sesso, forse era un ragazzo.

Il viso di lui si contrasse e le pieghe si tesero sottili. Le labbra, già tirate come un segno, si richiusero in una ferita secca. Qualcosa non seguiva la sua volontà.

Per un piccolo errore, Katharina aveva la meglio su di lui e sulla figura non vista e in attesa. Trasse un vago sollievo.

Egli intanto cercava di guadagnare tempo. Appoggiò il bastone dal pomo lucido contro il vetro di una bacheca ma gli scivolò in terra senza rumore.

[1] «Sono contenta di rivederti in buona salute».

Entrambi evitarono di pronunciare il nome del bambino, consci che, nominandolo in quell'aria compressa dal rancore, avrebbe stonato lamentandosi come una corda di violino. Chiusi nelle loro maschere di livore, difendevano senza convinzione, e con il silenzio quale ultima arma raffinata, la volontà di avere il sopravvento.

Egli continuava a sussurrare qualcosa come: «Ich kann nicht mehr tun... Ich ertrage deinen Anblick nicht»[2]. Erano parole, alcune, non nette né articolate con precisione, le rammentavano i bordi sfrangiati delle monete. Quello che egli pensava di dire si allontanava dalle cose, dalle immagini, scivolando oltre il rigore di quella conversazione che le collezioni esprimevano. Lo smagliarsi delle parole classificava il suo male.

Quando Katharina lo vide appoggiare la schiena contro la sedia per reggersi con più autorità, ebbe esatta la sensazione che il loro discorso non prendesse corpo, restava sospeso in parole sconnesse e seguiva ormai prospettive senza punti fermi. Ora voleva andarsene, ritornare alla ragione tutta sua per la quale era venuta e che quelle parole turbavano come polvere. Si sforzò di dire qualcosa, che sapesse non solo

[2] «Non so che fare… non tollero la tua presenza».

riprendere il tempo trascorso, ma trovare un'indifferenza. Le parole non le uscirono, erano gocce di sale deglutite dalla gola ferita.

Cercò nella memoria quel nome, cancellato sulle carte bollate. Il naso le poteva ancora sanguinare. Annaspò nel labirinto che proprio lui voleva mettere a tacere con la ragione del più forte. Ricompose il mosaico dei primi vagiti, qualcuno si era perso. Le ferite che le avevano inflitto erano ricoperte dall'etere del tempo, ma lasciavano un foro scoperto, dove si intravedeva la carne viva pulsare, uno spazio fragile che giorno dopo giorno aghi sottili ampliavano.

Per quel piccolo tassello mancante al mosaico delle crudeltà, Katharina, come chi a lungo aspetta di imparare una cosa nuova, introdusse il nome e con chiaro gelido accento disse:

«Der Junge weiss nichts. Davon darf er nichts erfahren. Und ich werde dir nie erlauben, auch ihn, sein Leben zu zerstören»[3].

Non le riusciva più di trattenere parole che rotolavano. Il respiro era affannoso, le mani si attaccavano ai bordi del tavolo. Sentì il calore della lampada e si scostò. La luce approfondiva una ruga sul volto di lui,

[3] «Il bambino non lo sa. Non può sapere queste cose. E io non ti permetterò di spezzare anche la sua vita».

qualcosa che le sue povere parole ritrovate non riuscivano ad afferrare e rivelare.

Un gesto le sembrò per un attimo richiamare l'altro cameriere, almeno tale lo credeva. Era uscito in silenzio, ma lei ne sospettava la presenza dove, coperto dalle spalle, non lo poteva vedere.

Il bastone era scivolato a terra. Katharina non fece nulla per raccoglierlo, voleva sentire la sua difficoltà nel muoversi. Se le avesse chiesto di aiutarlo, forse avrebbe spezzato quella rigidità gonfia e tesa come un ascesso. Avrebbe potuto non accorgersi di quanto il bastone gli fosse indispensabile. Ma il battito nervoso delle nocche lo tradiva. Trasalì. Qualcosa come un nodo che si era stretto per anni pareva spezzato.

Rimanevano di fronte. Alle loro spalle affioravano nell'ombra altre collezioni rare, così rare da risultare incomprensibili.

«Ja, deine Welt ist schon interessant. Alles ist im Verzeichnis festgehalten, jedes Exemplar lebt nicht, sondern kennt nur seinen Platz»[4], ella disse, nel tentativo di introdurre nel silenzio l'urto della voce.

Egli non rispondeva, le sue mani scorrevano lungo il legno lucido. Camminando di lato aveva per soste-

[4] «È interessante il tuo mondo. Tutto è catalogato, ogni esemplare non vive, ma sta al suo posto».

gno i vetri freddi. Arrivò sino al mobile scuro in fondo alla stanza, e si lasciò cadere su una rigida sedia alta. Era passato poco tempo, eppure ora il suo volto aveva assunto la durezza delle effigi incise sulle monete.

Sul grande tavolo giaceva un libretto di chèques, un piccolo pugnale teneva ferme le carte leggere. Ella notò che il libretto era intatto, e lo sguardo si posò con prudenza sulle mani di lui che, nell'attesa, maneggiavano distrattamente una piccola pistola. L'arma era di tipo femminile ma poteva essere militare, da ufficiale in uniforme elegante.

Nel tentativo di distogliere gli occhi che lo fissavano, egli iniziò delle considerazioni complicate sulla necessità di quelle collezioni. Ne parlava come di un peso che non avrebbe potuto staccarsi dall'origine. In quelle vetrine c'era un'idea sola, un nome, la sua eco continua. Parlava in serbo, parlava la sua lingua. «Una trappola in più», pensò Katharina, ma avrebbe voluto rispondere sicura che quel nome per voler troppo durare si era schiacciato contro i velluti e addormentato per sempre nell'odore acuto della canfora.

«Ich habe wenig Zeit», egli aggiunse, «und das ist mein letztes Zugeständnis»[5]. Appoggiò la pistola per prendere il libretto dalla carta leggera.

[5] «Ho poco tempo… ed è l'ultima mia concessione».

«Ich komme zu den Tatsachen», concluse Katharina con durezza. «Ich will, dass diese Dokumente unterschrieben werden. Ich will nach jahrelangem Warten mein Kind wiedersehen»[6].

Egli cercò di premere il campanello tra quelle bizzarre trecce di seta che la terrorizzavano come arabeschi di una foresta gelata.

Katharina si impadronì della pistola e lo impedì. Lentamente arretrò tenendolo sotto il controllo dell'arma. Per l'ultima volta fissò quel volto che le produceva tanto male. Guardò le mani, scosse da un tremore, la destra era scarna e di un colore più scuro.

Aderì con il corpo lungo le pareti. Fu ancora nell'atrio buio.

La figura indefinita, poteva essere un servitore, le porse stendendolo il suo semplice soprabito umido di pioggia.

Sulle tappezzerie gonfie si era accumulato uno strato di polvere giallognola, la stanchezza di generazioni malate. Lungo il corridoio i vecchi mobili la guardavano, intristiti dalla solitudine, e lei se ne sentiva responsabile. Sembravano dirle «Noi conosciamo le fughe e i tristi ritorni... Attenta, Katharina... le pra-

[6] «Io voglio che si venga ai fatti... voglio che questi documenti siano firmati. Voglio, dopo tanti anni di attesa, rivedere il bambino».

terie verdi sono ormai lontane. Con te abbiamo diviso i movimenti... ci hai toccati... sempre ti avvicinavi e noi ti accoglievamo».

Katharina strinse i pugni contro le orecchie, proprio come faceva da bambina, e si affrettò oltre la porta a vetri concavi, dove il sole sempre più di rado rifrangeva la polvere in una miriade di colori come l'arcobaleno. Sentì lo scatto della porta chiudersi alle spalle. Conosceva l'attesa degli alti letti gonfi di biancheria gelata, loro avevano raccolto il suo esile corpo di gravida. Quanta orfanezza in quegli oggetti abbandonati a se stessi! Il vento spadroneggiava tra loro ed essi ammiccavano e congiuravano con un proposito di vendetta.

Il difficile era compiuto. Ora doveva uscire all'aperto.

Fece gli ultimi gradini senza voltarsi. Qualcuno le aveva insegnato che non bisognava mai guardare indietro.

Ormai era sicura. Dalle fessure larghe delle finestre del palazzo, nessuno l'avrebbe più colpita.

Capitolo X

Una strada affollata la raccolse. Il vociare rumoroso la stordì, i colori la confusero. Si sedette su un muretto basso. Da dietro qualcuno le sottrasse la valigia ritrovata con fatica. Tutti videro, e il loro silenzio fu una congiura.

Arrivò il tram; faceva ancora molto rumore come un tempo.

Katharina vi salì con le mani vuote, che infilò nelle tasche del soprabito umido, dai bottoni come gioielli.

Guardava le finestre dei palazzi e i balconi, su essi sembrava posarsi il sorriso dell'imperatore. Ma le rughe così stirate potevano semplicemente apparire come un assenso indifferente. Davvero rassomigliava al sorriso imprigionato nella stanza delle bacheche, che ella aveva abbandonato.

Si erano fissate nella disposizione di quelle rughe le paure che davano vita ai fantasmi. Il mondo nella sua faticosa evoluzione stava raggiungendo un limite felice, la linfa dei commerci rinvigoriva una realtà esangue, e proprio allora egli impose la sua figura impassibile, avvolta nel mantello turchese e altera sul cavallo bianco. E quando una mano si alzò sulla divisa impeccabile, fece costruire compunto una chiesa in voto, la Votivkirche. Comprese il mondo nel giro dello sguardo e si inchinò appena, un sottile saluto ai fatti e alle idee che scuotevano le nazioni.

Classificò le forme e ridusse la loro difficile crescita a un ordine vacuo. Le cancellerie, i distretti, i tribunali si abituarono a respirare quest'aria che egli benignamente donava. Le scritture pensate per il progresso si isterilivano nella noia.

Con lui gli uomini che sedevano dietro le scrivanie e quelli animati dal commercio, quando li surriscaldava la birra chiara servita da ossequenti ragazzotti con grembiuli di cuoio, finivano per sentirsi minacciati da qualcosa che aleggiava sul loro benessere, da un'ombra che improvvisa poteva affiorare.

E quando quel desiderio di vivere, di conquistare il sogno oltre il mare, trovò un impeto giovane al quale ogni scossa del grande impero si affidava, non rimase che curvare ogni gesto a un destino buio, ai protocolli che congelano. I padri di famiglia respirarono con i polmoni sazi e una leggera anestesia garantì che nulla avrebbe più ferito.

Con gli occhi vitrei nel triangolo delle rughe, egli continuava a scrutare le orbite di un ingranaggio statico, rallentandone la corsa, suddividendo l'opaca forza del potere in rivoli che, senza riconoscersi, procedevano paralleli. Le deviazioni e le diversità non toccavano più, si osservavano dietro le griglie che la scienza e i suoi istituti assicuravano. Il movimento dell'avventura rimaneva senz'aria e si conservava indefinitamente.

«Danke schön, es ist alles sehr schön gewesen»[1].

Timorato di Dio, un placido e lecito godimento riapparve. Una sorta di etere era stata spruzzata sul mondo e sulla città che ne era il nucleo doloroso.

I valzer coprivano gli smarrimenti. Tutto quanto lentamente moriva nei giorni eguali, trovava vivacità per l'Imperial Regia Lotteria Popolare. Si crearono i libri dei sogni, una concessione alle zingare boeme e un invito per gli uomini di scienza a non dimenticare il doppio fondo dell'anima e della storia.

I mesi dei calendari spiegavano colori delicati e capaci di suggerire fantasie, come i riflessi delle coppe che nelle vetrine ricordavano anniversari e soggiorni alle terme. I corpi docili vestiti di azzurro come la figura immobile dalla quale prendevano silenzioso congedo si avviavano per le strade, dal cuore lungo i rami di una grande circolazione, fino alle periferie da suddividere minutamente. Questi manichini caricati per

[1] «Grazie, è stato tutto molto bello».

un tempo stabilito portavano lettere sigillate con quel rosso che non accendeva più emozioni, ma aveva la sola funzione di chiudere aride prescrizioni. I volti dei messaggeri avevano lo stesso sorriso di paralisi e in quel cammino che non si arrestava i loro piedi divenivano gonfi d'aria come quelli dei morti. Al termine della missione, le cose da comunicare erano già forse inattive per le disposizioni che nuovi corpi docili si apprestavano a recare. La tranquillità era assicurata da quegli scritti che si accartocciavano in silenzio. Egli proibì il colore rosso ma nelle arene messicane il rosso ingigantiva l'urlo della folla. Questo colore traspariva ovunque. La natura in novembre continuava a dichiararlo, con l'insistenza con la quale lo fa affiorare la terra tra le pietre in Carso. Anche le dinastie si anemizzano e al minimo urto lasciano sfuggire dalle vene un liquido pallido se non si alimentano di questa energia. La loro vita cresce attraverso le ingiustizie e la negazione. Ma, come per ogni bravo borghese che si misura con un fratello diverso, nel dialogo si delinea un'ombra. A volte la nostra fantasia è così torbida da lasciarci un sonno leggero, nel quale tutti possono penetrare, come dalle fessure delle gelosie fa la luce dell'alba. E la materia incolore è necessario espellerla, soffoca il desiderio e con esso uccide la volontà.

Le zingare dalle borse ricolme di nastri multicolori affermano che il dolce principe dagli occhi troppo chiari esiste ancora e lungo il porto, tra i bidoni inutilizzati e arrugginiti, i loro bisbigli conoscono la verità, sentono le urla di folle della infelice principessa Carlotta dal balcone del palazzo sul mare.

Le zingare si avvicinano rapide, nelle mani ingioiellate rigirano le sfere dove il mondo si riflette alla rovescia. Gli occhi si specchiano nelle palline di vetro che offrono. Continuano il loro gironzolare tra i tavoli all'aperto. E di sera se ne vanno lontane, lasciando desideri tra gli specchi dei caffè.

Il libro dei sogni che egli inventò comincia a entrare in scena, quando nei caffè i vetri si appannano e su essi cresce una nebbia di umori e di odori e si sentono quei lontani violini e il loro richiamo.

Come per una quadriglia, arrivano allora i volti ancora ragazzi che cercarono la morte. La loro persuasione rafforzò il desiderio e ispirò nausea per le false soddisfazioni del progresso. L'odio cresceva con la rapidità di un ascesso. Volsero gli occhi alla Grecia, una verità da ricomporre, ma inutilmente. «Leicht vergisst der Mensch dass er am Leben war, die Welt dass er gelebt»[2], rimase la pallida annotazione in uno di questi taccuini.

[2] «Facilmente l'uomo dimentica che egli viveva, e il mondo che egli ha vissuto».

Si dice che egli amasse in Massimiliano quell'immagine di gioventù che in sé aveva spento. Nelle stanze del Palazzo dove si tramava, qualcuno vide gli occhi vitrei brillare per una sera e farsi di nuovo duri. L'avventura sul Pacifico fu decisa. E una girandola colorata crivellò quelle tempie che tutto avevano lasciato tranne che la speranza.

Le zingare continuano a portare le gonne vivaci del rosso a lungo vietato, e le raccolgono in giri come quelli delle trottole che ci facevano sognare da bambini. È un volteggiare che dà un senso, ora che il mercato dove ci si inoltra è una casba moderna. I delitti non si tramano dietro tende spesse di storia. Nelle strade rumorose, a ogni angolo, ci sorveglia un orologio svizzero che lo slavo ancora inerme compra per buono.

Il traffico delle lingue si amalgamava con lo scambio di merci. Gli s'ciavi, così li chiamavano, avanzavano i bisogni. Colpì Katharina la quantità degli orologi che pendevano in bella mostra. Serbi, croati, sloveni reclamavano con voce nuova il loro commercio nei confronti della città che li aveva tenuti lontani con maniere distratte e assenti.

Nel quartiere separato rispetto al resto della città non si era inoltrata. Solo le case del centro vecchio, con le screpolature dei muri, i legni gonfi, trattenevano la sua attenzione. Camminava sui selciati sconnessi, saliva le scale, decifrava i numeri scoloriti, guardava dietro i vetri i profili tristi dei sempreverdi nei vasi. Quella pianta, verificabile in ogni misura e particolare, offriva la sicurezza di una memoria ben ricostruibile in un disegno. L'altro spazio invece non garantiva riferimenti, era come le zone incerte ricoperte nelle topografie antiche da tratti frettolosi.

Le piante che ricordava suggerivano tutta questa indecisione. Zone ben tracciate nei lineamenti e nelle gerarchie stavano congiunte a spazi dove non si ravvisavano regole, un contrasto che sembrava racchiudere una necessità d'organismo. E quella città, disegnata in un atto unico di pensiero, faceva più che mai ritenere naturale un disagio.

In quel quartiere, proprio per la mancanza di limiti definiti e delle selezioni che il concentrarsi delle persone e delle cose obbliga, gli scambi proliferavano. Le correnti dell'industria e del commercio si riunivano in un grande alveo. Ogni attività, anche il traffico clandestino che aveva circolato in vicoli stretti e bui, si dilatava senza nomi. Erano ventate di mode, esigenze di consumo che diffondevano in un brulichio di bancarelle.

I semi che l'onda americana aveva sparso da un nucleo avaro fecondavano una massa aggressiva, e tuttavia incolore come una patina di limo. In quell'onda tutto appariva omogeneo, non permetteva distinzioni e sfuggiva a ogni rapporto.

Le case erano costruite in economia, basse per evitare i calcoli del loro sostegno. Porte e finestre si aprivano a caso nelle facciate subito incrinate. Gli intonaci si sgretolavano e il vento faceva oscillare e strappava le parti sfogliate. Costruzioni cadenti, in parte demolite, con le impronte di stanze abitate nei fianchi, si erano viste aggiungere elementi che solo imitavano le pretese della città. Balconi con maioliche e grate colorate e finestre allargate senza proporzioni deformavano la pelle pallida e rugosa delle facciate.

Piccoli negozi si susseguivano. Nelle vetrine un poco sporgenti le merci più varie confondevano odori e colori. Nelle drogherie le spezie profumate celavano appena odori liquidi. Nelle botteghe dei sarti, che erano numerose, tele colorate e lucide erano srotolate sino a formare pieghe innaturali per dimostrare la qualità dei tessuti. Nella gran parte dei negozi oggetti diversi per provenienza e stile si accostavano in modi imprevisti, avendo in comune solo la preoccupazione di nascondere il loro uso nell'abbondanza e nella stranezza delle decorazioni. Cornici e stucchi di doratura rossastra si accostavano a gusci di tartaruga, a scatole di madreperla. Statue di avorio si chinavano verso rilegature di cuoio della stessa tonalità di colore. Servizi ricomposti con pezzi diversi facevano bella mostra su vassoi argentati. Pelli d'animali stavano sospese su questi contrasti.

Tutti sembravano capitati in quell'incrocio di interessi, di lingue e di logiche, per caso, anche quelli che vi erano stabiliti da generazioni e che di quel mercato avevano imparato a riconoscere le leggi sotterranee. E tutti sceglievano e comperavano seguendo intenzioni provvisorie. Gradivano quegli oggetti che sembravano più di quello che in realtà erano con la curiosità di chi approda da un mondo lontano.

Alcuni, chiamati foresti, e non erano stranieri ma avevano semplicemente un'altra provenienza sociale, si mimetizzavano vagando in cerca di qualche ornamento che, pur non appartenendo alle loro abitudini, potesse assolvere un desiderio. Le loro esitazioni finivano però per farli riconoscere e non senza ammiccamenti ironici i prezzi per loro venivano raddoppiati.

Nel quartiere c'era ancora il tram. Una conquista dei consiglieri comunali, o una conservazione in più. Anche se l'aspetto non era quello di un tempo. Le vetture rassomigliavano a cartoni prefabbricati per una rappresentazione pubblica e, quando sferragliavano per la città, la gente seduta dentro prendeva un'aria impettita di viaggiatori venuti da lontano.

Il caffè era affollato a quell'ora del giorno. Donne tornavano con sporte di lunghe verdure odoranti di mercato mischiate alle spezie da usare per il gulasch. Il vino copriva tutti gli odori.

Katharina bevve il primo vino freddo della giornata. «Ritornerò più tardi», pensò, «quando le donne con la spesa saranno a casa».

Ebbe l'idea di trovarsi di fronte a uno scenario spento e fissato dalla fotografia, quelle fotografie dei nonni dove il pulviscolo dona bellezza anche a volti che belli non sono mai stati. Si accorse di soffermarsi a guardare certe immagini e di vederle subire uno sdoppiamento, come se ci fossero molti strati di pellicole invisibili a ingannare lo sguardo se appena lo spostava rispetto alla fissità dell'immagine.

Sarebbe voluta entrare e comprare delle spezie. «Ma che potrei fare?», si chiese. Sulle porte di certi stanzini adibiti a sartorie e calzolerie, ammiccavano commessi esperti.

Entrò a caso. Era una sartoria. Il commesso le sorrise e, senza chiederle cosa preferisse, le sciorinò davanti stoffe lucide e scivolose, di un colore volgare. Si divertì al pensiero di indossare un vestito come quello e lo scelse. L'uomo le prese le misure, strisciando le mani dalle dita troppo lunghe sui fianchi, si soffermò sulla vita annodando distrattamente il metro. «Come ha fatto a non ingarbugliarlo?», le sfuggì. «È forse un mago sotto spoglie di commesso?». Il suo respiro odorava sapori amari.

Il metro si sciolse, cadde sulle stoffe colorate. Con l'intuizione allenata dal mestiere, egli allungò le mani su un rotolo azzurro e fasciò Katharina. «Conosce bene la sua pratica. Ora mi dirà che ho gli occhi azzurri», pensò, «e che il colore risalterà di più». Da sempre odiava vestirsi di azzurro, come nelle fiabe.

«Questa stoffa è troppo scivolosa», lo sentì sussurrare, «ho qualcosa per lei di più fine, tengo sempre in negozio qualcosa di prezioso per clienti come lei». E mellifluo le indicava l'interno dello sgabuzzino.

Katharina si inoltrò. Lo stanzone era largo, il soffitto alto. Mai avrebbe pensato che uno stanzino così dietro si ampliasse come una fisarmonica. Uno stanzone ricolmo di scaffali alti fino al soffitto.

Piegò quasi interamente il viso per guardare all'insù: «Ci fosse una vetrata a rischiarare il magazzino», pensò, ma non la vide. Scatole immense toccavano il soffitto polveroso, a guardarle dal basso sembravano vecchi archivi dimenticati, schedari di tutt'altro genere.

Desiderò arrampicarsi sulle impalcature metalliche come uno scoiattolo in cerca dell'inusuale, del proibito. Si volse di scatto verso il commesso, quasi la sorprendesse in flagrante. Si sentì arrossire. Avrebbe voluto ritrovarsi al caffè e bere del vino, confondersi alla folla del quartiere affaccendato nelle ore tarde del mattino.

Il commesso era vicino. Avvertì di nuovo il respiro dagli odori intensi. La stoffa che poco prima egli abbracciava era lasciata cadere accanto a cianfrusaglie orientali, cuscini bizzarri, merce di scarto, e formava una larga piattaforma accogliente come un piumino nel quale sprofondare.

«Desidera qualcosa di raro?», la voce del commesso la scosse. «Penso ci siano delle riviste molto interessanti lassù, il padrone era un collezionista. Qualcosa di eccitante?». Dimostrava d'aver abbandonato l'idea della confezione dell'abito. Il rosso si era confuso con l'azzurro, le stoffe giacevano a terra, il fiotto dei tessuti si era liberato dalle sue mani e si era srotolato formando ai piedi di Katharina quasi uno strascico.

Sarebbe potuta essere una statua o una figura antica in atto di essere ritratta. Gli occhi vuoti avevano la fissità del dipinto.

Intanto il commesso si era seduto su uno dei canapè, e il suo volto andava sempre più prendendo le fattezze femminili. Un'attrazione ambigua la spinse verso quell'individuo dalla fronte bassa e dal naso che toccava una bocca inesistente, dove i denti sembravano scomparsi. Quando parlava si aveva l'impressione di uno strappo. I capelli erano compatti, quasi incollati alle tempie, usava ancora lucidarli. Tutto quanto Katharina rifiutava in un uomo era davanti a lei, e si sedette su quel canapè intriso di ciprie e oli aromatici.

Oltre lo stanzone a fisarmonica, si intravedeva un misero laboratorio. Nessuno stava cucendo e la macchina da cucire era un ballatoio d'appoggio.

Il velluto rosso del divano era strappato in più punti. I crini fuoriuscivano come sbuffi vogliosi di qualche mano impertinente che li estraesse.

Continuava a guardare le travi grosse del soffitto. Non era passato molto tempo da quando la loro robustezza veniva messa a dura prova da carichi di granturco. Erano stati troppo frequenti i viaggi delle navi.

«Dal granoturco alla sete», pensò, «in fondo un vertiginoso passo all'indietro». E schiacciò il dito indice destro nel buco profondo del divano, lo girò meccanicamente a vite e assaggiò il fondo di quella cavità oscura. Provò una sete improvvisa, la gola le si asciugò, sentì acuto il desiderio offuscarle la vista.

Le sete le si rovesciavano addosso vischiose, corpi melliflui dalla cui velenosa dolcezza era difficile liberarsi. Erano sgargianti e lucide, le sfioravano le gambe come anguille irrefrenabili, scivolavano lungo il pavimento srotolandosi. Il loro contatto le procurava un nervosismo estenuante. Le accarezzavano la pelle che diveniva passiva. Allora l'appretto e le pieghe rigide le animavano un'energia interna, una tensione muscolare che la sfiniva.

Le pieghe dei drappi gonfiavano i manichini di questa vitalità ritrovata: la pelle, il bambino, i gesti d'allattarlo, di portarlo.

I colori violenti le appannarono la vista. Palloncini colorati salivano e si soffermavano solo al cospetto delle travi tarlate, timorosi d'avere osato sollevarsi fin lassù.

L'aria del magazzino era ferma. Dalla strada, come folate di sabbia, entravano gli odori delle erbe, acuti sino alla nausea.

Dalla trave portante pendevano tele di ragno di una grandezza smisurata. Era impensabile che i ragni, uno solo alla volta, avessero potuto tessere quella rete. Qualcuno si era arrampicato lassù appositamente. O era solo la vecchia stampa di una nave capovolta.

Cercò gli occhiali affannosamente. Si ricordò che le lenti erano state frantumate rovesciando la sacca di cuoio. Il ragazzo doveva pure averle calpestate nell'aiutarla a raccogliere le cose disseminate.

Ripensò al medico serbo che le aveva visitato gli occhi. Udì chiara la sua dolcissima lingua: «Katha... tvoe oci su svetle, previse svetle[3]... il tuo sguardo è troppo scoperto...».

Sentì il corpo bruno afflosciarsi dentro il suo, ne avvertì anche ora l'urto, come acqua fresca sul volto accaldato.

Davanti a lei il verde dei prati sloveni si aprì e, nella lontananza dell'azzurro, rivide piccoli uomini industriosi camminare attraverso la campagna in direzione

[3] «...i tuoi occhi sono chiari, troppo chiari...».

di una altura. Appena visibile era la casa alla quale erano diretti. Il cammino era lungo e più volte perdettero di vista il punto d'arrivo. Trovarono un sentiero, tra il frusciare delle foglie. Scendeva il crepuscolo e si fermarono davanti alla casa, ma nel contempo scomparvero, come fossero incisi da una penna su un vetro umido e la prima neve li ricoprisse.

«Ecco, sono arrivata, la frescura della collina, la casa, mi hanno atteso troppo a lungo. Ci saranno delle tele di ragno», e sorrise per il piacere di spazzarle lontano arrampicandosi negli angoli più impensati.

Entrò sicura, e subito inciampò nel battente rovesciato della porta. Si fece male contro la serratura arrugginita; una lunga scalfittura nella mano destra sanguinò. Un uccello morto era appoggiato sullo stipite della finestra. Sulla credenza, alla quale mancava lo zoccolo, stava una brocca, ricolma fino all'orlo di un liquido colore delle prugne di novembre.

Si inoltrò, senza urtare nulla. Sedette in fondo alla scala che portava alle camere da letto. Tolse le scarpe pesanti e zuppe dell'umido dell'erba alta, raccolse i piedi stanchi tra le mani proprio come faceva da bambina.

Il crepuscolo era sceso e la casa non aveva più luce. Sentì acuto un richiamo; il suo nome come un rantolo veniva dalla tromba delle scale, dove il buio era fitto. Fece qualche passo. Il legno si era spaccato di fresco, il giorno prima o da poche ore, la spaccatura era bianca e porosa e il legno emanava ancora il suo odore.

Con le scarpe nella mano sinistra, lasciando libera la destra per aprire le porte, scese in fondo, da dove udiva provenire la voce. La porta era aperta. Mise le mani in ognuna delle scarpe, come due guantoni le avrebbero protette.

Le chiesero ancora qualcosa, con durezza.

Fuggì. Corse attraverso il verde umido dei campi. Ora le foglie bagnate di pioggia non l'accarezzavano più, come spilli invisibili le segnavano la pelle madida. Lungo il pendio i cespugli intralciavano la strada, sembrava crescessero a vista d'occhio. Arrivò al torrente che scorreva sui larghi sassi bianchi come neve, e si bagnò il volto con l'acqua fredda e limpida. Dai sassi rotondi gli occhi chiari continuavano a guardarla.

I rumori della strada arrivarono netti, all'improvviso. Ragazze passavano e ripassavano. Erano commesse truccate, vistose, denunciavano la presenza in modo aggressivo, avevano nei scuri impressi sulla pelle spessa.

Passò una donna vestita di lustrini e di ciaffe colorate di rosa. Portava il cappello e la veletta. Il suo passo vacillante sembrava chiedere scusa di apparire in quell'ora del giorno. Era sola. Le prostitute l'amavano e si diceva che a volte qualcuna le prestasse un cliente. Eppure dietro la veletta scura un battito delle sue ciglia annullava la certezza delle più giovani.

Capitolo XI

Fuori il vento aveva cessato la presa. Era giorno avanzato.

Cercò di prendere un taxi, inutilmente. «Ogni città lo stesso problema, un paese vale l'altro, una città è eguale all'altra. Sarebbe bello pensare i taxi attraversare le strade del mondo con le proprie gambe, con la sicurezza del proprio corpo. I cavalieri antichi lasciavano il loro passato e percorrevano lo spazio con invenzione. Non pensavano solo di spostarsi, erano tesi a conoscere. E poi usavano i cavalli ed era altra cosa, il cavallo viveva la loro vita ed essi la sua, e il viaggio diveniva amore, partecipazione».

«Devo camminare... e se incontrerò Bertrand Smoleck non lo riconoscerò, i suoi tratti non riuscirei a comporli. La sua figura si è già dileguata come pulviscolo al sole».

Una cosa voleva sapere, se il soprabito l'aveva dimenticato. Poteva succedere anche a un maestro nato a Berlino? Non erano forse gente seria i berlinesi? Lui stesso si era preoccupato di confermarlo. «I maestri di Berlino», aveva detto, «compongono musica non parole». Per questo non aveva motivo di abbandonare un soprabito sulla maniglia di una porta qualsiasi; e poi quel soprabito faceva così parte di lui.

«In ogni caso non sto facendo la stessa strada, non lo incontrerò».

«Sono ritornate le antiche ombre chiudendo solo un poco gli occhi sul basso divano».

«Non mi importa se non conosco nessuno, che ne farei, ho poche ore di tempo, devo parlare con l'avvocato... E poi... quando una persona è chiamata in una città... non trattiene i particolari... la convinzione con cui cammina, le pause... Gli altri si accorgono. Io sono qui e aspetto per un fatto che mi riguarda e non dovrebbe riguardare la legge. Potrei dirlo a chiunque».

«Uno specchio... C'era nella bottega del sarto? Non mi pare e non l'ho visto. L'avevo nella sacca, credo di ricordare, ma è andato perduto nella fessura dove il tacco si è impigliato».

«C'era una volta una Principessa slava, sottile come un gelso. Aveva gli occhi grandi e belli, e la gente si specchiava in quei due stagni verdi. Passò un principe e non si riconobbe. La sua uniforme non risaltava, quei laghi fermi non piacevano al principe nordico e li trafisse. Da allora egli vaga nella notte e il cavallo bianco non ha tregua, insegue gli occhi troppo grandi della principessa slava».

Rimase seduta al tavolino di marmo verde. Oltre il viale, appena la carrozza si fosse mossa, avrebbe rivisto il mare. I vagoni sul binario subivano soste interminabili, in attesa che l'uomo dall'uniforme grigia li portasse via, nella stazione sonnolenta.

Non ricordava più con precisione l'ora dell'appuntamento. Lo sguardo le scivolò sul giornale di chi le stava accanto. La figura alta e dinoccolata aprì le pagine e il titolo ebbe risalto nella luce: TRUPPE AMMASSATE AI CONFINI. Una piega del giornale le impediva di proseguire e conoscere quali confini. Subito sotto, in caratteri tondi e grandi, CORSA PAZZA DELLA MONETA.

Sedeva e il pensiero le correva veloce, scendeva a precipizio. «Proprio come il denaro». Si accorse di cercare il nome, il suo, lo chiamava ma si confondeva con quello del bambino… Friedrich...

Per Friedrich si trovava in una città che non la riconosceva, dove l'attesa la smarriva. Nel caffè, dalle pareti appannate il fumo non era mai voluto uscire. Qualcuno apriva le vetrate ma il velo non si scioglieva, rimaneva nell'aria, si acquattava, addensandosi si alzava e si rifugiava dietro gli stucchi scrostati e aspettava che le vetrate si chiudessero per ridiscendere rapido tra i tavoli regalando al marmo la sua vecchia umidità. Gli occhi le si irritavano subito e si circondavano di un alone rosso, come pianto. Era bello rimanere nel caffè e sostare nel vuoto, guardare gli Zeitungsspanner appesi con le notizie dell'oggi già lontano.

Il suo volto prendeva fattezze diverse, ma era lo specchio bizzarro. Spostò di poco la sedia di vimini. Un manifesto alla parete la distrasse, il disegno si affidava ad aree di colore puro. Era decisa a non guardare quel vetro macchiato di sortilegi. «Da bambina avevo un gatto... per gioco gli porgevo lo specchio e lui sospettoso cercava dietro con la zampa... Farò così anch'io».

Dietro la vetrata defluiva la folla. Una pioggia sottile affrettava il passo alle persone. I previdenti aprivano l'ombrello e si celavano, guardando con superiorità infantile lo sprovveduto che camminando sbilenco si riparava sotto cornicioni inesistenti.

Era stata la donna colorata a indicarle quel caffè. «Così», aveva detto, «potrà osservare».

Gli stucchi pendevano come frange. L'umidità penetrava da signora attraverso gli spifferi, il suo odore entrava nelle narici. L'infantile allergia si acuì.

Con la stecca del giornale, urtò la figura in nero che le stava alle spalle. Era un signore di statura inferiore alla media. Gli anni erano trascorsi su quel viso, sulla sua carnagione incolore. Forse c'erano gli occhi dietro ai due vetri bui.

Una mano guantata di lana grigia stringeva un bastone dal pomo antico. I suoi movimenti erano fermi, alternava la presa del pomo a quella della tazza da tè. Beveva a piccoli sorsi, deglutendo alla maniera dei cinesi, quasi avesse il singhiozzo. Il suo corpo prendeva interamente la poltrona di vimini, vi era sprofondato, quella posizione era nata con lui. Batté sul marmo del tavolino. Ella si sorprese della rapidità del cameriere. Gli consegnò il giornale, le pagine erano stirate, i titoli insolitamente grandi, il tipografo aveva scelto di dilatare le notizie.

Ricomparve l'allergia e il prurito alle mani. Gli occhi le lacrimavano.

Dalle fessure dello schienale fuoriusciva il largo corpo, fettine di grasso vestito di scuro facevano scricchiolare il vimini. Con un elegante, persuasivo cenno del pomo argentato, le indicò la poltroncina vuota accanto.

Katharina sorrise, girò lo sguardo.

Il cameriere magro, con la giacca lisa, si avvicinò. Lo osservò attentamente. Nessun particolare le si imprimeva, come se l'uomo non avesse volto.

«Mi scusi, ma... Il professore è un vecchio cliente. Si muove con difficoltà. Mi chiede se... Vuol prendere il tè con lui?».

Non si stupì, il balbettio del cameriere la convinse. Senza rispondere si alzò e si sedette accanto al professore.

Egli sorrise, ma le labbra non comparvero. Ed ella si trovò ad ascoltare con la curiosità dei fanciulli.

«La ringrazio d'essere venuta», l'uomo disse, «le gambe non mi permettono di muovermi con agilità... Volevo parlarle ieri... ma sono stato subito certo di rivederla», e, senza aspettare una risposta che non venne, continuò:

«Ha confidenza con la solitudine... In questo mi rassomiglia. Attorno a lei c'è la sospensione dell'attesa, è un peso che segue l'inerzia... I suoi occhi tanto chiari galleggiano, dove il vuoto li porta».

Si era accomodata nel vimini e tranquillamente, come se non lo ritenesse importante, rispose:

«Sono tornata per un motivo preciso. È fissata un'udienza tra qualche giorno... Anche se questo mi occupa... troppi segni non riesco ad allontanare...».

Guardavano il silenzio che la circondava.

«Gli stucchi sono stati coperti con troppe mani di colore», ella continuò, «forse si voleva rendere immobile l'intreccio di forme. Anche sulle facciate delle case stendono vernici impermeabili... come fossero scafi».

«Mi ricordo il suo viso», egli l'interruppe, «sedeva a un tavolo d'angolo... era pallida».

«Lei è qui come osservatore? Per questo porta occhiali così spessi?», chiese d'un fiato Katharina. «Non posso proprio sapere?».

«Perché mi dice questo?», l'interrogò l'uomo a sua volta atteggiando le labbra inesistenti a un sorriso.

«Sì», sussurrò lei lentamente, «qualcuno mi ha convinto che i nomi non contano... Forse il suo fa eccezione?».

«I nomi non contano, e il mio non fa eccezione», confermò. Era stranamente bonario, un nonno che ritorna con pazienza. L'insospettiva. La bonarietà, specie se imprevista, l'infastidiva sempre.

«Avrà ragione... Sono così stanca... e mi accorgo che non sfuggo neppure a lei... Non so se mi ha veramente vista, può essere... Ha sentito del delitto?... La ragazza serba...».

«Ho sentito», disse l'uomo e si mosse un poco cambiando posizione. «Posso chiederle qualcosa?».

«Mi è apparsa d'improvviso, oltre le schiene che facevano un muro attorno. Portava un vestito semplice e le gambe nella caduta si erano scoperte, bianche...».

«È morta subito?».

«Non so, l'hanno portata via».

Katharina tirò la cerniera della borsa, l'aprì, la chiuse, l'aprì di nuovo. L'uomo socchiuse le palpebre.

«Non riuscivo a sciogliermi... Il corpo si tendeva...».

«La storia della ragazza le apparteneva, vero?».

«In quegli occhi non ancora chiusi viveva qualcosa oltre la paura... Deve essere stato questo particolare... quegli occhi erano divenuti ancora più chiari...».

«Ah», egli esclamò, «proprio in questa città... come si può pensare che si spezzi il silenzio... si cammina per le stesse strade... uguali sono i monti, il cielo... ma si alza un'ombra che corrode come il salnitro».

«Sì, mi prese allo stomaco».

«Lei però ha pensato al suo progetto».

«Non proprio… Devo parlare con l'avvocato… per ora ha ritardato… oggi viviamo con i ritardi… spostano le nostre vite con noncuranza…».

«È un procedimento ormai avviato?», si interessò l'uomo.

«Sì, l'avvocato aveva detto: "Si concluderà in pochi giorni"… Ma tutto si restringe, i movimenti rallentano».

«Come quando ci si scopre ammalati», egli commentò. «È un segno inatteso, quasi impercettibile… e si dilata…».

«È qualcosa che stento a chiarirmi… Forse è un destino, cioè la realtà».

«Era giovane, vero?».

«Aveva vent'anni... e non voleva aspettare... qualcuno lì vicino diceva "Non si vive con questa ossessione... lavorare in città e la sera dover fare ritorno"».

«Ho osservato a lungo», egli intervenne, «i suoi movimenti, il suo modo di stare seduta... i suoi occhi... I pensieri si logorano. La vita bisogna coglierla negli occhi, nelle loro trasparenze, nelle mani».

«La ragazza serba», proseguì Katharina, «pensava che l'amore disgregasse il muro... I narcisi che le ragazze slave offrono tra gli specchi non sono feriti dall'aria dei caffè... Quello sguardo tratteneva una storia...».

«Aveva assolto a una scelta?».

«Credo si possa dire così. Bisogna saper guardare sino al fondo le macchie scure, poi risplendono».

«Proprio come fanno i maestri vetrai... distillano le miscele più dense e trovano trasparenze pure».

«È vero», ammise Katharina, «all'inizio c'è solo una sabbia che nel laboratorio non riflette le luci dell'acqua e dell'aria. Il fuoco non sa scioglierla e liberarne i raggi».

«Bisogna intriderla di soda e di marmo perché fonda», precisò l'uomo. «Poi l'anidride arseniosa e l'acido borico affinano la colata».

«Ma da quel movimento non si esprime nessuna trasparenza, non si stacca nessun filamento limpido».

«L'impasto brilla», egli continuò, «se si mescolano minio e carbonati di potassio e di bario».

«Sostanze tutte opache», osservò Katharina. «Allo stesso modo la verità affiora nella filigrana del discorso».

«E sono scaglie di metalli ossidati», confermò l'uomo, «che alla trasparenza aggiungono la distinzione del colore. Aggiungi, oltre ai solfuri di cadmio e carbonio, ossidi di uranio e di cerio e avrai il giallo, e ancora ossido di rame con selenio e oro e il colore si farà fiamma e rubino. E altri ossidi renderanno liquidi i colori più intensi, l'azzurro brillerà con l'ossido di cobalto e rame, l'ametista con l'ossido di manganese, il verde con l'ossido di cromo».

«È proprio come quando si interroga una memoria», mormorò Katharina.

«È un equilibrio», egli aggiunse lentamente, come se pesasse piccole quantità di elementi, «un dosaggio sottile. Nessuno più degli artisti del vetro ha saputo rendere il prodigio. I miniatori e i pittori di tavole mescolavano colori vegetali e minerali, misure come teoremi e rime. Ma il gioco del vetro tollera ogni rischio».

«Penso all'opale...».

«...che è chiaro e velato... e denso come il latte quando vi si stemperano i composti di fluoro, acidulo come l'anice con l'arsenico e il piombo, vivo della luce delle perle e della seta se assorbe solfato di sodio».

«Queste indecisioni che sciolgono l'ombra e addensano la luce», concluse Katharina, e il suo sguardo ripercorse bacheche sfavillanti, «non sono solo nella grana della materia, nel suo fondersi, farsi amalgama o conservare particelle come pulviscolo mobilissimo. Risaltano anche nella sapienza degli strati. Una patina di lattimo e una trasparenza di colore. Un doppio fondo, sguardo che perfora un velo. I maestri di Norimberga agitano disegni neri dentro la compattezza brillante del cristallo».

«Lei interroga cose che gli altri trascurano… e le piace sostare nei caffè…».

«Sì, mi piacciono i caffè, riesco a isolarmi».

«È giusto, si coglie l'essenziale... i foglietti dei tavoli da caffè... li si riempie di scritture brevi come segni d'algebra... osservazioni che si consumano... Non trova che in ogni frase c'è già un atto di predazione?». E aggiunse lentamente fissandola: «Voi giovani dovete conoscere... tutto si anima e muove nel conflitto...».

«Prima di avere il bambino... Friedrich... ho preparato e seguito degli esperimenti in laboratorio», ella precisò, voleva tracciare tra sé e l'uomo una linea sicura: «forse però la fisica non c'entra, rimane solo una mia ossessione...».

«Credo invece che sia una buona spiegazione, le città si sviluppano nell'economia, nelle cifre, come le reazioni».

«In questi giorni, camminando per la città», proseguì Katharina, «ho pensato agli stermini eseguiti... proprio alla periferia di questa città... il mare sembra ancora velato di cenere... e nessuno vuole parlarne...».

«Sta scendendo nell'ombra questa città... con le sue fabbriche e le sirene mute... Non ci sono discendenti...».

«Forse non potrebbero sopportare il silenzio accettato», concluse sottovoce, volgendo lo sguardo oltre la vetrata, verso la città così bianca.

L'uomo taceva. Allora, osservando l'effetto delle parole, chiese:

«Che si può salvare e portare lontano?».

«Forse proprio questo disagio».

«È tutto più semplice quando si riconoscono le incrinature... Non si può capire oltre...».

«Sì», ammise l'uomo, «anche i numeri ampliano le parole ma non riescono a esprimere un'armonia intatta... così i suoni...», sussultò, «si finisce sempre per incontrare una mancanza».

«La paura», ella corresse. «È questa paura che ha spinto molti a un duello con lo specchio».

«Paura», egli ripeté, «mi ha fatto pensare al matematico che scrisse l'opera la notte prima di battersi».

«Deve avere saputo d'un tratto ciò che desiderava. Conosceva la sua alba… Credo non ci siano spiegazioni per questo genere di scoperte…».

«Il nostro sguardo», l'uomo riprese, e la sua voce fluiva come da un nastro, «non contempla molte variabili degli esperimenti… Ci troviamo a essere come quegli animali privi di occhi, penso al Proteus anguinus, che nelle caverne del Carso vivono all'oscuro di acqua e di sassi… I contorni distinti si sbriciolano… Anche dei sogni rimangono descrizioni sempre più fragili…».

«Che malinconia mi fanno le gru allineate lungo i moli», notò Katharina. «Ha visto? Stanno ricurve sui bracci inattivi…».

«Perché non si rassegna?... Continua a pensare l'infinito come una crescita senza fine... E la verità sta negli specchi graffiati... proprio quelle gru inutili...».

L'uomo tacque, annodava la rete di una dimostrazione.

L'aria era compressa, satura. Si ritrovò nell'atmosfera di un esperimento. Qualcosa non aveva funzionato nel gabinetto di fisica. Anni trascorsi nell'aria stantia e poi nulla, bolle di vapore disperso.

Era una giornata troppo calda di agosto. I battiti alla porta ora erano più forti. Colpi secchi nelle tempie sudate. Gocce frammentate d'acqua scivolavano.

La finestra sul giardino era chiusa, il vetro velato.

Le piante tropicali erano attecchite, qualcosa nella terra dalle radici di pietra cresceva. La chimica non le riguardava. Stavano immobili come monumenti, il vento non faceva loro paura.

L'oscurità era più densa. L'uomo cercò del tè nella teiera ormai vuota.

«Un consumo è in ogni operazione... Guardi, la stagione è piena di vigore e già si offusca, anche se la luce è calda...».

«Sì», ella annuì, «le parole si addensano come vapore in questo caffè... formano tanti piani...».

Oltre la vetrata la città era ancora più bianca, indecisa tra la luce compatta e una nebbia chiara che imprimeva nella pietra un riflesso verde.

Sì stropicciò l'angolo della palpebra, un indolenzimento le impediva di mettere a fuoco i contorni delle cose.

«Il crescere di questo porto», disse rapidamente quasi misurasse un progetto, «doveva soddisfare una serie, compierla...».

«Non c'era terrore ancora nell'algebra...».

«Questo corso», ella obbiettò, «lo mossero Maria Theresia e Giuseppe II».

«Maria Theresia non scese in città, non vide l'opera... Raccontano che avesse ribrezzo del mare...».

«E sì che tanto provvide alle cose di mare».

«Doveva intuire un disagio... Un movimento industriale senza arresto come avrebbe mantenuto un ordine inalterabile?».

Il sangue le premeva le tempie. Reagì come quando si è spinti avanti da un urto.

«Avviene così», disse, «se il vento comprime la forza in una strada stretta... Qualcosa d'improvviso si dilata, spezza le linee dei diagrammi... Anche il marmo si gonfia e ammala...».

«Alcune generazioni hanno creduto che nella città l'armonia avrebbe prevalso...».

«Anzi, l'immaginavano solida perché la vedevano crescere con fatica da origini e linguaggi diversi...».

«Si erano illusi... Erano tornati gli dei... sopra i palazzi il cielo, il vento e la pioggia catturavano come le navi nel porto una calda vita... Le assicurazioni dovevano sciogliere la paura», disse l'uomo, lo sguardo velato dalle lenti. «Ma l'esperimento non poteva riuscire... Contro l'assassinio di Franz Ferdinand non c'era assicurazione... Lei lo sa, ha studiato le figure delle crisi... Uno scoppio lascia increduli quelli che hanno ridotto la vita a una prammatica della noia... ed è proprio l'ordine che brucia».

I primi anni al gabinetto di fisica. Quei colpi alla porta ancora rimbombavano.

Aveva rotto il torpore dell'afa e aperto. A quell'ora sonnolenta l'istituto era deserto. Un omino dal grembiule grigio, il nuovo assistente alle pulizie, la stringeva nel polso e, camminando di sbieco come se stesse per cadere, la portò nella stanza n. 8.

Non aveva visto più nulla. Il medico serbo aveva accennato a qualcosa di traumatico. Il suo braccio le cingeva le spalle e il palmo della mano le proteggeva le palpebre. «Non è stato d'agosto, Katharina? Faceva caldo e non vedesti per la prima volta».

La sedia nell'urto dello strappo alla gola era stata rovesciata, precipitata lontano, aveva colpito il vetro che ora batteva oscillando contro la lampada accesa. Al calore si accartocciavano i fogli incisi in verticale, note scomposte dalla bizzarria del caso. Su quel susseguirsi aleatorio di lettere e di spazi una penna aperta aveva lasciato defluire l'inchiostro. Il cestino delle carte era vuoto. Il vento cominciava a sollevare l'aria compressa e la scrittura verticale si disseminava altrove. Nel giardino le lettere come fertili semi avrebbero intaccato il terreno duro e sotto le radici sarebbero esplose. Solo, il fuoco avrebbe sparso le pietre aguzze e bianche, schegge di ossa dimenticate anche dal vento.

Nascose le carte con la fretta di un gabbiano d'inverno. I telefoni spezzavano l'umido silenzio di un pomeriggio lontano d'agosto.

«Le anguille», disse l'uomo, liberandosi dalle figure che assediavano entrambi, «continueranno a scivolare lungo le correnti, veloci sino a un punto promesso del mare... non si ferma questa circolazione di istinti».

«Ma per chi ascolta questo battito», ella pensò forte, «la partenza è senza ritorno».

Fuori la polvere si sollevava contro le vetrate. I passanti divenivano lontani e sfocati, manichini di stoffa dai gesti geometrici.

Una vettura scura si fermò rapida, appena ombreggiata dagli ippocastani. Un uomo pallido con le mani guantate di pelle nera la guidava. Il motore rimase avviato, era insolito, non mandava alcun rumore.

La vettura scivolò lentamente sul viale, si portò via con la sottigliezza del vento l'uomo dal bastone d'argento. Fece appena in tempo a vedere la mano di lana pelosa premere sul pomo.

Si irrigidì. Il male alle mani ricominciava, provò a stropicciarsi, il sangue si fermava ai polsi. Strinse forte il marmo del tavolino. Forse era solo un sogno e percorreva strade dai muri troppo alti. Ma il cameriere venne e le portò il conto.

Capitolo XII

La stretta via con le case dagli spigoli aguzzi le fu davanti, la compresse. Le sembrava di portare delle scarpe piccole, o era l'effetto delle case che convergevano, degli spigoli.

Riconobbe l'angolo dove la strada cominciava a salire. Per concentrarsi si fermò impettita, con il viso alzato. Due finestre chiusero i battenti di scatto. Una figura scura stese qualcosa di chiaro, dei pannolini, sulla cordicella. Una bambina dagli zigomi pronunciati fece scivolare un lungo cordone rosso, con in cima appeso un minuscolo bambolotto di celluloide. Fece per raccoglierlo, era senza occhi. Ma la bambina tirò il nastro rosso e il bambolotto scomparve all'interno della casa.

Le sembrò di ritrovarsi nel gabinetto di chimica. Oltrepassava il corridoio e si inoltrava nella camera oscura. La retina veniva schiacciata in tutte le direzioni e il dolore le procurava un baluginio giallo, una miriade di stelle colorate. Seguì l'uomo vestito di bianco nella stanza delle teche. In una provetta di cristallo era una minuscola cosa già formata, gli occhi non li ricordava, forse gli occhi avevano bisogno di tempo. O nel cristallo poteva esserci solo una radice ricurva.

Il passaggio rapido tra il laboratorio e la camera oscura permetteva il persistere di consonanti di quel codice scoordinato che è l'alfabeto per la vista. Macchie scure le danzavano davanti scomponendosi e i frammenti assumevano immagini strane. Cercava di comporle in unità, con la tenacia di un restauratore di porcellane antiche. Anche per l'artigiano più abile sarebbe stato difficile rimettere al giusto posto le figure danzanti. Il ritmo dei gesti veniva compromesso, era sufficiente una particella minuscola mancante e un braccio o una caviglia non esprimevano il senso che il danzatore voleva.

Aveva vissuto anche lei come quei ballerini dei vasi antichi. Nella notte lontana, quando Leopold l'aveva aiutata a fuggire, l'avambraccio sinistro del marito seguiva movimenti sconnessi. Tutto era cominciato dopo quelle grida che si continuavano a udire oltre le finestre chiuse e i cespugli scossi dal vento. Il sonno prima di placarla avrebbe preso la forma di un'ombra, sempre la stessa per anni.

Prima delle grida, aveva percepito i passi sconnessi, lo zoppicare insistente del piede sinistro. Il linguaggio convulso e le lettere dell'alfabeto si accavallavano come nei giochi infantili. Poi si avvicinò il passo familiare di Leopold. Veniva a chiudere la stanza prima che potesse entrare. E quando la porta massiccia non cedette, egli imprecò contro di lei e contro il male atroce che scioglieva il suo cervello, come la neve.

Girò subito dietro un vecchio magazzino di tessuti. La strada ora scorreva dritta lungo i grandi palazzi delle assicurazioni. «Che invenzione paradossale», pensò. Dietro quelle mura la vita riusciva ad assumere aspetti tranquillizzanti. «Quale speculazione l'assicurazione sulla vita... i nostri congiunti sono gli Altri e ci sorridono beati perché assicuriamo la nostra morte per la loro vita». Era stato sempre così, si assicuravano gli Imperi. «Ma nessuno pensa qualcosa contro le ombre della notte, quando la vita diventa impalpabile e sfuggente?», si domandò forte. «Già, le anguille, non ho un appuntamento con il ragazzo e il cucciolo smarrito?».

«Per domani, all'imbocco del fiume», le aveva detto. Il ragazzo avrebbe messo le reti e insieme avrebbero atteso le anguille. Una volta le aveva mangiate, erano saporite ma troppo grasse. Aveva dovuto bere slivovitz; era in una bottiglia gialla simile a quella vista nel negozio della donnina serba. Uno slivovitz fatto dai contadini sloveni, sapeva di tutti gli aromi del bosco e si lasciava bere come acqua, non bruciava, dava una strana sicurezza.

Camminava e alzava gli occhi. Cercava le nuvole, ma incontrava i fili del telegrafo intrecciati a qualche albero spoglio. Le finestre, vecchie ferite appiattite, bucavano il cemento delle facciate grigie. Gli intonaci non avevano più il colore originario, un miscuglio di polvere cancerosa aveva deturpato i cornicioni che si scrostavano al vento. La luce cadeva dritta su quelle quinte di case, senza rischiararle.

All'improvviso, come se poco prima avesse camminato nel deserto, si trovò nello spiazzo rumoroso come in un piccolo mercato di paese il giorno prescelto per la vendita delle piante. I colori dei fiori erano così, decisi, i crisantemi gialle macchie di colore raffermo.

«L'acqua», pensò, «prima debbo sapere dove troverò l'acqua».

I posteggiatori avevano un gran da fare. «Sono venuta nel giorno sbagliato». E si incamminò verso l'interno, superando la larga entrata.

Allo sportello per conoscere l'esatta ubicazione dei morti non c'era folla. Era l'ora del pranzo, o tutti sapevano le collocazioni. Accennò il nome, aveva timore di chiedere agli sportelli. Quasi sempre non riusciva a completare l'indagine, alla sua voce mancava qualcosa.

«No'l xe più là, bisogna zercar nei archivi veci. In 'sto momento no posso, se la vol spetar... No go tempo, la capissi... Me dispiasi, se la veniva mezo minuto prima... Xe serado. Me par che i misti xe al campo XIII. Cossa la ga dito? El iera nato a Vienna? La provi a vardar de quela parte, lo troverà subito. No xe fiori, la sa, non vien nissun, xe i misti...».

«...Invece da lori, dai ebrei, la vedi lassù, xe un muro che dividi, non la pol passar. Se devi andar fora, dopo ghe xe una riveta e là xe lori».

Salì lungo un muro, giunse a un ponte e si inoltrò nel viale. Avvicinò una vecchia che continuò a borbottare: «Tutto te impesta, odor de pino fa mal de testa». Le si rivolse e la donna rispose senza guardare:

«No savaria ben se xe 'l greco, forse 'l giudio, la provi».

Si accorse che un ragazzo appoggiato al motorino la guardava. Assomigliava al ragazzo con il pullover ruggine. «Sono tutti uguali», pensò, «un esercito di ragazzi fatti con lo stampo».

Si stirò la gonna e il ragazzo ancora la osservava. Allora chiese:

«È qui... sei certo?».

«Sì, ma deve suonare il campanello».

«Non lo trovo».

E il ragazzo senza avvicinarsi, immobile:

«È sulla destra, dietro l'edera, un po' in alto».

Il cancello si aprì. La sua mano si era solo alzata in

atto di premere. Era bastato questo, forse qualcuno dietro la finestra stava in attesa.

Le ali nere si ripiegarono lungo i cespugli scuri. Ogni fruscio era attutito dalle piante aggrovigliate. Fu avvolta dall'umido delle siepi di alloro.

Una ragazza sottile come un ramo di gelso si affacciò e le indicò il viale. Lo percorse ascoltando i suoi passi sulla ghiaia appuntita. Cercò di alleggerire l'impronta del piede per addolcire lo schiacciamento dei sassolini, invano.

La ragazza era scesa e con voce leggera chiese:

«Posso aiutarla? Chi cerca?».

L'odore delle siepi, della cera, la stordiva. Si passò l'avambraccio sugli occhi in attesa che il nome ritornasse chiaro. La voce gentile l'aveva risucchiato come fanno le spugne, senza rumore.

«Non ricordo bene... voglio guardare questi nomi. È possibile?», e chinò il mento sul collo con un sospiro.

La ragazza vestita di chiaro si allontanò abbassando le palpebre.

Vite sospese la circondavano. I passi erano impediti dal groviglio delle piante. Le siepi erano alte ma un merlo vi passava e punzecchiava a ritmo regolare uno strato di terra.

Lingue intrecciate si incontravano sulla pietra.

Un vaso di rame stava rovesciato, all'origine era una bomba, lesse il nome del soldato che l'aveva inciso.

Il merlo non ebbe timore della sua vicinanza. Affondava il becco nella terra grassa, in cerca del cibo. Il nido era altrove, e insisteva laborioso, la sua ricerca riduceva la memoria a un fagotto insopportabile.

Volse le spalle ai geroglifici duri, e il merlo smise di punzecchiare la terra, canticchiò ossessivo. La voce era dietro le siepi ed ella rispose sottovoce:

«Du hast etwas unerledigt zurückgelassen.
Ich gehe fort und lese verstohlen die letzten Namen,
die von der Ferne kommen»[1].

Uscì furtiva schiacciando appena la ghiaia. La porta dalla quale era comparsa la ragazza sottile era chiusa. Si girò solo verso l'abete che copriva la parte di terreno che era venuta a cercare. Il cancello si aprì, ancora la sorprese l'assenza di rumore. Poi le pesanti ali di ferro con lentezza si richiusero alle sue spalle.

Credette di ritrovare il ragazzo con il motorino, ma la strada era vuota. Cambiò direzione, non voleva ritornare attraverso lo spiazzo e il frastuono dei fiori troppo colorati.

Non portava orologio, ma poco mancava all'appuntamento con il ragazzo.

[1] *«Qualcosa di sospeso hai lasciato.*
Vado via leggendo di sbieco gli ultimi nomi,
venuti da lontano».

I profili dei monti e il mare erano lunghe linee piane nel cielo.

Salì per sentieri ripidi come scale, le case erano sempre più rare.

Il ragazzo aspettava vicino al cantiere abbandonato. Non si fermarono, proseguirono verso quella terra dove ogni contrasto, del terreno e della natura, era netto e sembrava improbabile segnare un confine.

Alcune contadine slave scendevano. Tra le pietre le loro figure parevano d'improvviso ingrandirsi, trasformarsi nel vento temuto che attraversa le gole e scende al mare.

Il ragazzo affrettò il passo, voleva raggiungere il confine.

Katharina cercava di comporre la logica di quel paesaggio irregolare. Gli strati erano interrotti, sprofondati, fasce scure venavano pareti bianche, la terra polverosa era striata di sangue e d'acqua che scendeva come pianto. «Una geologia di catastrofi», pensò. Voleva la sua sciarpa rossa, era rimasta legata alla sedia del caffè dove la ragazza era stata assassinata.

Si misero a correre, il terreno strisciava sotto i piedi. Katharina cadde per prima, si rialzò. Anche il ragazzo finì per inciampare. Si aiutarono con le mani ma scivolavano come il terreno.

Raggiunsero un punto più alto, formato da una pietra bianca che si ergeva come una lancia. Non facevano che scivolare giù. Si guardarono disperati. Cercarono di aggirare l'ostacolo; era ancora più difficile, il terreno diventava vischioso come una palude. Cadevano e non avevano appoggi per sostenersi. Senza presa, avrebbero battuto la testa contro i picchi sporgenti.

Il ragazzo aveva qualche vantaggio su di lei perché le sue scarpe erano più grosse e trovavano freno in una trave, non particolarmente resistente ma conficcata tra alcuni sassi.

Decisero di non intralciarsi. Cercava di separarsi dal ragazzo per non scoraggiarlo. Si buttò bocconi, strisciando sul fianco. La paura la paralizzò. Da quella posizione poteva vedere, non c'era possibilità di uscirne, se avessero continuato a strisciare sarebbero precipitati.

Non voleva avvertire il ragazzo dell'impossibilità. Gettò uno sguardo alla macchia rossiccia del pullover e gridò:

«Fermati. Riposiamoci un attimo. Ci deve essere un sentiero». In quel momento anche il ragazzo vide il precipizio vicino:

«Rimani dove sei, resta immobile».

«Sì», ella fece eco, «non agitarti. Se non mi muovo, non mi accade nulla». E pensò: «Potrei tentare di bendarmi gli occhi. Così rotolerei e le palpebre non si ferirebbero quando il filo spinato le colpisse». Ma non aggiunse nulla. Qualcosa doveva accadere. Sotto di lei il dolore della terra era fortissimo. «Se mi viene un attacco di allergia...». Per allontanare il terrore che questa idea le procurava, cercò di pensare a come erano giunti in quel punto. «Il terreno correva liscio poco prima, deve essere stata una larga fascia smossa a formare la trappola. E la trave che sostiene il ragazzo continua a oscillare. È inutile». Rivolse lo sguardo dilatato verso il cielo vuoto, senza una nube.

Per guardare all'insù aveva premuto il corpo contro la terra con forza, segnando quasi una cavità. Cercò di conficcare le mani e i piedi nel terreno molle. Sentì allora sotto la schiena qualcosa di resistente, si figurò fosse un sasso largo e piatto come una luna. Con lentezza, badando a non smarrire la poca aderenza, si ritrasse e riuscì a spingere le natiche contro il sasso. Doveva affondare i piedi in modo da puntarli con sufficiente forza. Ci riuscì. Fu lei ora a gridare al ragazzo:

«Rimani dove sei. Ce la faremo».

Considerò rapidamente la nuova situazione, guardò il ragazzo fermo nello stesso punto:

«Rimani dove sei. Farò un'altra buca. Qui accanto deve franare meno. Troverò un altro sasso. Poi di striscio ci lasceremo scendere sino a laggiù. Sono pochi metri».

Si era accorta che qualcosa in quella terra la stava aiutando.

Capitolo XIII

Klaus l'accolse al rientro in albergo. E, senza che lei chiedesse nulla, aggiunse:

«Due telefonate e un telegramma per lei, signora». Le parlava sporgendosi troppo oltre il banco, come una marionetta che l'elastico tira a piacere.

Katharina sentì l'alito acido e l'appiccicaticcio della pelle. I baffetti rossicci dal pelo misto e rado si alzavano oltre il labbro tiranneggiati da un tic frequente e lasciavano intravedere denti pieni d'ombra.

Quando ebbe smesso di guardarla, si girò per prenderle la chiave e i messaggi. Il telegramma e i biglietti sdruciti delle chiamate, di colore azzurrognolo.

Strinse nella mano calda chiusa a pugno la carta dura e gialla del telegramma. Il suo nome era storpiato. «Come sempre», pensò, «forse non è per me».

Klaus era uscito dal banco e le stava davanti. Gli occhi incolori si posarono sulle scarpe sporche di fango duro:

«È stata fuori? Dall'altra parte?».

Non rispose. Seguì lo sguardo oltre le scarpe. Le calze si erano smagliate sulle caviglie arrossate. Si sorprese d'essere così in disordine, poco prima le sembrava che tutto rientrasse nella norma.

Mentre girava le spalle per avviarsi all'ascensore chiese, cercando di dare un tono neutro alla voce:

«Come sta Leopold?».

Il giovane portiere, già attento al nuovo ospite, non la udì, e piegò le spalle sulla piccola pianta del giapponese:

«Would you like anything else, sir?»[1], chiese ostentando l'inglese come esclusiva proprietà. E sorrise a una straniera che si era affiancata.

«I'm looking for a street not far from the sea. But perhaps it isn't on the map»[2].

«This district exists only in name. The new district is much more interesting»[3].

«They advised me to look for a Villa»[4].

«Oh», si accorse di lei che ancora si tratteneva, «I beg your pardon. Perhaps the lady was before me. I didn't notice, I'm sorry»[5].

[1] «Desidera qualcos'altro, signore?».

[2] «Cerco una via non lontana dal mare. Forse non c'è sulla cartina».

[3] «Questa zona esiste solo di nome. La zona nuova è molto più interessante».

[4] «Mi hanno consigliato di cercare la Villa».

[5] «Oh... mi scusi. Forse la signora era prima di me. Non mi ero accorto, mi scusi».

«No, no. I've already finished»[6].

Da giorni una nebbia di sabbia a tratti l'avvolgeva e gli occhi pativano rossori improvvisi. Allora il caldo della testa diveniva insopportabile.

Il giorno dell'arrivo lo sentì lontano.

Riguardò i mobili allineati lungo le pareti. Avvertì la mancanza di oggetti. Un qualsiasi soprammobile le avrebbe dato sollievo, ma nelle stanze degli alberghi non c'è nulla di inutile.

Il letto la guardava intatto, le coperte erano tese come da elastici. La respingeva quel candore di lenzuola stirate. Lo specchio del comò lo raddoppiava allargandolo.

Il pavimento, un poco instabile, produceva qualche oscillazione allo specchio e questo si divertiva a dividerla.

A lato della finestra, appena coperta dalle tende scurite dalla polvere, una cassetta di finto legno rispondeva ai passi sul pavimento di parquet con dei rumori prolungati. «Una cosa così banale», si chiese, «come può disturbare tanto?».

Il filo doveva essere turbato da contatti e il frigorifero si spegneva e accendeva ininterrottamente.

[6] «No, no. Ho già finito».

Strappò decisa la spina. Nell'urto la porta si aprì, e apparve l'interno, spazio di sicurezza per il viaggiatore notturno. Le piccole bottiglie traballarono un poco, poi tacquero, consce di non riuscire a esistere per l'insonnia di qualche loro ospite.

Le sarebbe piaciuto addentare una mela, anche stantia, come quelle che aveva lasciato Bertrand Smoleck. «Come è difficile avere un desiderio in questi posti».

Rivolse l'attenzione alla valigia intatta. Il vestito, portato per l'occasione dell'udienza, era piegato bene.

Tolse dalla tasca del soprabito la busta rossa con i documenti. Nel messaggio di carta azzurrina stava scritto: «Domani ore 9 prima udienza stanza n. 5. Tribunale dei minori. Avvocato Osermann». Stese lentamente con la mano la carta e il vestito in modo che fosse tutto a posto. La valigia si chiuse senza scatto.

Prese poi la lettera, con la stessa esitazione di chi aveva scritto il suo nome, l'aprì:

Cara Katharina,

la notte che sei arrivata non ho potuto dirti nulla. Ma so che mi hai riconosciuto. Le tue pupille chiare si agitavano come quelle del bambino quando mi chiedeva di portarlo vicino al mare, sempre più vicino. Domandava se il mare sarebbe rimasto allo stesso posto anche quando fosse diventato grande. Aveva paura che i mostri lo inghiottissero e lo riducessero a una tavola asciutta.

Domani mattina, quando ti alzerai, potrai vedere anche tu che il mare non si è allontanato. Ma non è più quello, le onde si sono ingiallite e al posto dei sassi lucidati restano rifiuti. Conservi il sasso rosa che chiamasti "fortuna"? Quando avevi incertezze lo accarezzavi, ed era sempre più liscio e rosa.

So che ti hanno dato l'appartamento n. 108, quello d'angolo. È lo stesso che volle il signor conte questa primavera. A differenza di te, che per la commozione non mi parlasti, egli mi disse subito freddamente: «Come mai ancora qui Leopold? Così vecchio dovresti avere una casa», e mi batté una mano sulla spalla simulando una cordialità mai avuta. Gli chiesi del bambino e non rispose. Sono però riuscito a vedere qualcosa nella borsa lucida e a conoscere il motivo della sua venuta. Non posso dirti molto. Per la fretta avevo dimenticato gli occhiali nel grembiule. Ma ho visto le carte bollate e letto i titoli che dicevano: «Tribunale dei minori... giudice istruttore...». Così posso dirti qualcosa che ti può servire.

Sai, non molto tempo fa nella città vecchia ho rivisto i ragazzetti vestiti da cuochi che vendevano i rafici. Ma è tanto che io non vedo più furlani coi petorai, ti piacevano perché avevano la caldaia di rame appesa al petto e tu dicevi che non vendevano pere ma suoni.

A San Giacomo si sente ancora qualche richiamo: «More col brodo, puina, puina fresca!». Tu non ricorderai queste cose, e ti sembrerò più vecchio e stanco. Ma mi voglio consolare. Rimane qualche venditore di brustolini e qui, vicino all'albergo, il pomeriggio passa e ripassa davanti alla vetrata la venditrice di tutto, non la puoi non riconoscere perché ha la gonna colorata, a ruota, e fra le tante cose tiene per gli affezionati qualche seme di zucca, un soldo di fiepe.

Domani mattina vai dalla portiera del n. 9. Devi dire che ti dia a mio nome le carte. Vedi, sono riuscito a ricordare qualche nome e altri particolari e li ho ricopiati, sapevo che ti avrei rivista. Le ho lasciate alla siora Lena per prudenza. La notte che ti aiutai a fuggire, le sue grida erano diventate impossibili. È sempre pesato un mistero sulle chiavi della stanza gialla, per anni non erano comparse e proprio quella notte qualcuno le aveva trovate.

Il destino mi ha voluto bene anche questa volta. Dovevo rimanere a casa con questa notte, è da molto che mi vogliono deporre, dicono che le gambe non sono più svelte e inciampo. Mi sono trattenuto perché Klaus non era tornato, questi giovani sono sempre in vacanza. Ma sto molto male. Cerca di avere forza e potrai tenere il bambino. Addio Katharina, il mare domani lo vedrai ancora con me, stringerò la tua mano e continueremo a rivedere i nostri sassi colorati

il tuo Leopold

La busta conteneva anche un foglio scritto con caratteri più grandi, come se la mano volesse correggere. L'appunto riguardava le carte della siora Lena.

Io ricordo una lettera scritta dalla contessa Irene. Per nasconderla la cambiava di posto. Era nel sottofondo della cassetta delle chiavi che mi diede in custodia quando si ammalò. Io non volli leggerla, per anni. Poi la contessa morì. Quello che stava scritto già lo sapevo. Aveva cercato di impedire il matrimonio del figlio, ma le minacce di lui diventavano sempre più forti e lei era sempre più debole... e poi sperò, come tutte le madri. Forse è ancora vivo il vecchio medico, una sua parola proverebbe che tu non potevi far altro che andare via. Io conoscevo il decorso del male, la contessa Irene mi aveva avvertito: «Comincerà a chiudere ogni serratura e a nascondere le chiavi... rimarrà sempre più a lungo nella stanza delle bacheche... sospetterà di tutti, avrà violenze alternate a momenti di assenza... le parole saranno spezzate, incomplete». E mi ammonì più volte: «Mio vecchio Leopold, dovrai fare attenzione... e allora aiuterai Katharina». La tua gravidanza non era prevista e io stesso, Dio mi perdoni, la notte che la cavalla moriva, sperai si perdesse. Invece Friedrich non teme nulla, è un bel bambino sano.

Portava ancora il soprabito, quando entrò nel grande bagno. Fece scorrere l'acqua. Non desiderava immergersi, voleva invece che rumore e vapore riempissero la stanza.

Sedette sul bordo della vasca. Il finto mosaico cominciava ad appannarsi, lentamente rispetto allo specchio del lavabo. Ebbe un curioso impulso, si alzò e scrisse: «Domani mi daranno il bambino?». Ma odiava le domande senza risposta.

Udì il fischio di una nave. Eppure le navi erano rare, forse era solo un allarme scattato senza motivo.

Richiuse con cura gli scuri interi delle lunghe finestre. Così il bagno ebbe il rumore tutto suo.

Dal soffitto pendevano delle piccole gocce secche. Era vernice oppure l'acqua dell'appartamento di sopra aveva avuto perdite durante la sua assenza. Il soffitto era alto ma si riusciva a vedere. Le gocce ormai sospese non avrebbero sfiorato la sua testa.

Ai suoi piedi stava il secchiello di cuoio. Doveva essere stato frugato da molte mani, ne era sicura. Anche Bertrand Smoleck aveva ceduto alla comune curiosità di guardare dentro: lo aveva visto lei durante la notte.

Accese una sigaretta e gettò via il pacchetto nel cestino, la mano tremò e lo fece cadere nella tazza, ancora di antica porcellana. Ebbe un moto di irritazione: «Das macht man nicht, Katharina, das ist deiner nicht wurdig»[7].

[7] «Questo non si fa, Katharina, non è da te».

Si alzò e aprì l'acqua rumorosa. Per un attimo il pacchetto rosso girò nella vite dell'acqua e scomparve.

Qualcuno bussava alla porta. Una cameriera piccola le sorrise: «Oh signora, volevo avvertire la direzione perché non l'avevo vista uscire. Busso da molto tempo. Si sente male forse?».

«No... è colpa dell'acqua. Quando scorre, lei sa com'è... e fuori c'è molto rumore...». Arrossì e volse il viso verso la finestra.

La donna si avvicinava al letto, fasciato come una mummia. Le piccole mani aprirono le coperte con leggerezza e tutto fu subito pronto.

Nella notte i capelli umidi si arricciavano come le onde che irritano il mare al mattino. Non raggiungeva lo scoglio. Le braccia si sforzavano ma l'acqua non si lasciava respingere e il movimento aveva effetto contrario. L'acqua legava gli arti, e gli occhi vedevano una possente testa dalla parrucca inanellata. Un naso immenso, curvo sulla bocca, divideva lo scoglio. Nulla sosteneva le due rocce eppure qualcosa le univa. Sulla sabbia un corpo bianco e gonfio.

L'acqua aveva l'effetto di levigarle gli occhi, e ingrandiva lo sguardo. I tuffi di spuma marina come cannocchiali alla rovescia avvicinavano i particolari dello scoglio.

Qualche volta le braccia prendevano forza e riuscivano a liberarsi dalle catene d'acqua. A un certo punto, si accorse che dietro nuotava veloce un grande delfino. Non ebbe paura, anche quando si avvicinò. Con pochi colpi di coda la spinse verso lo scoglio, poi si arrotolò e il muso apparve al posto della coda. Dava l'impressione di avere due teste, ma semplicemente oscillava e cambiava la posizione del muso con movimenti rapidi. A un tratto non lo vide più.

Il mare si era mutato in una palude melmosa. Riuscì a conficcare le unghie in una roccia sporgente che l'accolse, ma, appena entrata nello speco, delle punte aguzze affiorarono e la ferirono, solo il volto rimase intatto.

La cavità si ampliava inverosimilmente, a dismisura. Era pietra sgretolata ma prendeva la forma di un mostriciattolo di fetida gomma rossastra. La testa enorme era avvolta dalla nebbia chiara, un sudario che le mani ingigantite e livide stringevano sul mento.

Le braccia ora riposavano, e il sudore dileguava. Provò a uscire dall'incavo. Omini piccolissimi le fecero cerchio intorno, spruzzandola di quella luce rossastra che le ingrandiva la vista. Gli occhi li vedeva nello spuntone di fronte e rimandavano il riflesso di un rasoio. Ricadde nel fango scivoloso.

Al limite della palude, nel piccolo cerchio d'acqua rimasto, rispuntò il delfino. Girandosi muoveva pigre onde nella tavola che si allargava e ardeva come petrolio in fiamme.

Scivolò nel cerchio celeste e il delfino la gettò verso la palude. Sullo scoglio spaccato trovò una fascina e si adagiò, era morbida come piuma. Intanto il delfino si allontanava, e la coda senza fine si sollevò, una lingua di fuoco irraggiungibile. Le paludi si erano lasciate prosciugare ed erano terreno non ancora coltivato, sembrava che l'aratro fosse passato da poco. Il delfino amico, prima di allontanarsi, aveva colpito con la coda lo scoglio diviso. Ultima a sprofondare fu l'enorme testa inanellata con il naso possente e gli occhi vuoti.

Fece una lunga toeletta. La stanza era tranquilla. Dalla parete accanto non venivano i rumori della sera precedente.

Era attenta a quei battiti minimi. Per lei la parete era il confine. Si trovava ad affrontare le cose che la dividevano e, per far questo, si limitava a prestare attenzione ai rumori della gente che le viveva accanto. Forse era poco, ma iniziava ascoltando.

«Negli alberghi», pensò, «si può essere stranamente vicini… assomigliare alle persone che respirano accanto». Le era capitato di prolungare i suoi soggiorni perché non aveva perfezionato le sue fantasie e non le riusciva di indovinare i gesti di alcune persone. Allora la curiosità diveniva acuta e aveva la sensazione di non essere separata che da un paravento. Lei e l'altro potevano scrutarsi in qualsiasi momento del giorno e della notte. Il sonno diveniva più esile, si confondeva. Il dormiveglia subiva lentezze che avevano il muso grigio dei topi. Avvertiva una difficoltà fisica nel ricomporre i frammenti tra il sogno e la realtà. L'unica soluzione stava nel decidere qualcosa.

Fu così anche quel mattino.

Era presto. L'ascensore vuoto aveva una lentezza esasperante. «Fanno bene a cambiarli, sono buoni per un museo».

Percorse i corridoi felpati di viola, consunti.

Scese le scale dalla ringhiera fiorita.

Il giovane portiere non stava dietro al banco. Le chiavi appese non luccicavano, nessuno le lucidava da tempo, solo il mattino terso ne schiariva la patina.

Scorse il cameriere in fondo al salone, entrava con il vassoio delle colazioni. Ne vide la sagoma più che il viso, scivolava dietro la vetrata.

Non consegnò la chiave dal pennacchio importante. Nessuno la vide. L'albergo dormiva.

Il vento le coprì il viso con i suoi capelli leggeri. «Sono così fini che non ho mai potuto fare nulla se non raccoglierli... come quelli di Friedrich... biondi e leggeri gli coprivano la fronte mentre dormiva nel lettino dalle sponde laccate di chiaro».

Camminava in fretta. Aveva lasciato il mare alle

spalle, ne sentiva la brezza. Il frastuono della città si acuiva, ne fu lieta.

Pensò a Bertrand Smoleck. Da poco provava una vaga nostalgia, quasi un disagio, per non averlo ascoltato. «Gli uomini», diceva la nonna, «vanno ascoltati sempre quando parlano, se dicono sciocchezze è meglio lasciargliele dire». «Ma Bertrand Smoleck non diceva sciocchezze, solo non udiva altro che le sue parole... Che si fa, nonna, quando un uomo non sente la tua voce? Certo lui è un musicista nato a Berlino, e forse sono io che mi sbaglio, davvero devono essere una razza speciale. Già... i sentimenti non c'entrano con la musica», concluse, «in questo aveva ragione».

Era arrivata all'incrocio, ancora nella parte vecchia, di nuovo davanti al caffè del delitto. Quella era la strada. «È una persecuzione», si disse, e strinse nel pugno la lettera di Leopold. «Non è vero», cercò di convincersi, «deve essere un'illusione. Non è possibile che sia così, questo accade solo nei film».

Entrò nel caffè del delitto. Con sollievo notò l'assenza della padrona. Al posto di cassa si trovava l'uomo che aveva lavato dal pavimento il sangue della ragazza serba. Lo guardò decisa negli occhi, come per accertarsi di quella presenza e come se, invece di chiedere del vino, cercasse qualcosa che le era dovuto.

L'uomo la riconobbe, le sorrise, compiaciuto di farsi vedere alla cassa, senza il grembiule. Diede un colpo secco al cassetto e allegro le versò del vino:

«Questo è più buono», disse, «l'abbiamo cambiato proprio oggi... Sa, è un'altra produzione... alto Friuli».

Katharina bevve quasi d'un fiato, sentì l'amarognolo gradevole scenderle nella gola, l'odore di foglie trite d'autunno nelle nari:

«Oh sì, è proprio buono. Forse un po' troppo freddo».

«Ha ragione», ammise l'uomo, «è davvero un'intenditrice. Ma il frigorifero è sempre al massimo, non si sa bene perché».

«Mi piacerebbe mangiare qualcosa, anche solo un uovo. Ma vado di fretta. Mi dica. Cerco il n. 9. La portiera lei la conosce?».

«Non ricordo», rispose l'uomo, «penso sia il n. 9 quello dell'androne… o forse un poco più avanti… se ne accorgerà perché ne esce un odore di pelli conciate e altro».

«È un vino giovane, vero? Mi piace».

«Ritorni, ritorni ancora».

Katharina sorrise. «Ancora», pensò, «è una bella parola». E uscì, l'indirizzo sempre nel pugno chiuso. «Non è esatto», rifletté, «non importa, troverò ugualmente».

Fu davanti alla scala, come avesse volato. Sentiva l'odore di grasso uscire dal seminterrato, grasso e cipolle. «Gulasch», e strinse la cinghia del soprabito umido. Desiderava guardarsi allo specchio, ma si trovava allo scoperto. «E poi lo specchio l'ho perduto il giorno che si è rovesciato il cestello di cuoio». Allora si rassettò i capelli sulla nuca. «Peccato, nella fretta ho dimenticato gli occhiali... mi sarei sentita più a mio agio».

Spinse la porticina bassa o fu l'anta ad aprirsi, non capì bene. Era nella stanza al buio, solo dalla finestra di sbieco entrava una striscia grigia e batteva sul pavimento di cemento. Non si vedeva quasi nulla. La stanza non sembrava avere mobili, tranne una vetrina alta e stretta proprio vicino alla porta. Il vetro era appannato, si scorgevano delle tazzine mischiate a immagini e a libri. Questo nell'insieme la sorprese e parlò distrattamente come quando la nostra attenzione è altrove. Guardava un libro rilegato in pelle.

Dietro la tenda c'era qualcuno, attendeva, o forse dormiva. «Io me ne vado», esitò, «tornerò domani». In quell'attimo da sotto una sedia guaì un cane, tremava, tremava moltissimo.

«Non è incinta», disse l'uomo dietro alla tenda, «ha un tumore alla pancia, deve morire. Ci vuole la morfina, qualcuno che la inietti... bisogna ucciderla... Mia moglie se n'è andata, io sono ammalato, non posso farlo... e lei cosa vuole qui, in questo posto?», gridò.

«Io?... mi spiace, forse ho sbagliato... Sono venuta da parte del signor Leopold», stentava a pronunciarne il nome, temeva di sciuparlo o di perderlo per sempre. Ripeté: «da parte del signor...», questa volta usò il cognome. «Ecco, egli in questa lettera mi indica che la signora Lena, sua moglie credo, conserva, lui stesso gliela ha affidata, una busta per me», concluse velocemente.

Ora vedeva l'uomo. La luce della fessura si era spostata sul suo corpo. Portava una maglietta a collo largo, come usano i marinai. Sentì forte il sudore che gli appiccicava la pelle dello stomaco e le chiazze di peli irti come spilli. Non le sembrava ammalato, o volle che non lo fosse. Solo un odore le circondava la fronte, le entrava in gola... odore di alcool.

L'uomo rideva. Aveva deciso di burlarsi di lei, la derideva, ne era sicura, e non capiva proprio perché.

«Qui non c'è nessuna busta», le gridò, «e mia moglie se ne è andata».

Fuori l'aria ferma. I cortili. I sassi della strada lucidi, perle di pianto gelato. La polvere volata via, come i sogni. Polvere non nascosta, sparita nel vento.

Negli incroci le strade non si fondevano, si aprivano altre direzioni. Voleva percorrerle, qualcosa si sarebbe chiarito.

Prese la scorciatoia che conosceva. Forse non era la via più breve, ma quelle facciate che si stringevano, l'arco basso del sottoportico la concentravano.

Rasentò la quinta della piazza, dove il respiro del mare si spegneva, e si trovò all'inizio di via Cavana.

Dall'alto di un portone una testa di pietra la fissava. Sempre qualcuno la guardava allo scoperto. «Non devo guardare in alto», si disse. Più avanti un albero spoglio disegnava su una parete la figura innaturale. Quell'ombra si agitava sul banco alto di un'aula e un braccio si protendeva verso di lei.

«Sì, ho da dichiarare ancora qualcosa», reagì. La voce ribatté: «Il figlio non l'ha visto per lungo tempo. Ha potuto farlo».

Dalle case si sporgevano vetrine sostenute da intelaiature di legno vecchio. I vetri erano muti come sfoglie di mica.

«Non me l'hanno permesso… e non ho documenti sufficienti... ma li troverò…».

Alcuni uomini uscivano da una porta, chinandosi. Parlavano forte, ridevano.

«…e poi è il mio corpo che lo vuole!».

Nessuna voce. Oltre il viale il mare era una linea ferma, di un azzurro scuro.

Un cameriere appoggiò sulla consolle della hall un vaso di larghi crisantemi gialli.

Lo sguardo ritornò al banco centrale della portineria e ai ciuffi di corda rossa come pennacchi a festa che si allineavano sostenendo le chiavi. Molti degli ospiti dovevano trovarsi fuori. Dalla distanza a cui si trovava, la tavola rettangolare le sembrava al completo. I numeri delle stanze mostravano in ordine ognuno il suo pennacchio.

Si girò verso lo specchio. Ogni minuscolo triangolo componeva e moltiplicava ai suoi occhi i pennacchi delle chiavi sino a farli apparire come lunghi stendardi. «Questi specchi orientali scintillano come i pavimenti di mosaico delle basiliche quando un velo di umidità li copre».

Nella semioscurità un busto conservava il suo posto. La polvere gli aveva conferito un aspetto fragile. Era ingiallito come l'avorio, o lo scultore aveva semplicemente privilegiato del marmo malato.

L'americana smise di tossire, con il bicchiere di ghiaccio frantumato si avvicinò al busto e puntò l'indice contro. Un cerchio di polvere svanì.

Passò un giapponese. «Deve essere il mio vicino di camera». Sorrideva con gli occhi, ed essi divennero una linea orizzontale, parallela alle rughe che dividevano la fronte, quando batté con le nocche delle dita contro un'armatura di bronzo vuota. Soddisfatto raccolse pennacchio e chiave. Fece tutto con movimenti rapidi e senza sosta, l'ascensore era lento anche per lui.

Klaus trafficava in un dialetto misto con chi probabilmente doveva sostituirlo, avrebbe avuto due giorni di festa in più.

Dietro al banco era rimasta aperta la feritoia della centralinista. I telefoni squillavano; piccole luci rosse e blu si accendevano. L'assenza perdurava, i trilli insistenti come tosse si accavallavano.

Seduta di sbieco, osservava lo specchio.

Nella luce spezzettata si dilatavano le toghe rosse e nere che assiepavano un vecchio quadro dalla cornice nera, piccole figure a comporre la geometria dell'udienza, anche se un tocco verde nel fondo voleva diminuirne il disagio.

Tre americani ridevano forte. La donna tossì, fumava con insistenza, la sigaretta appesa alle labbra screpolate. Gli altri due continuavano a ridere, come se la tosse fosse una variante del riso. Questi non parve curarsene, tuttavia arrivò con i bicchieri colmi di ghiaccio, li appoggiò distrattamente e ritornò nell'angolo da dove veniva una musica.

Due tavoli oltre gli americani, sedeva un uomo, appena celato da una chenzia. Aveva capelli radi che, alla maniera dei chierici del medioevo, lasciavano scoperto il centro non lucido del cranio. Teneva lo sguardo fisso oltre il salone, ma era soprattutto preoccupato della piccola valigia vicina alle caviglie tanto da sembrarvi legata. Qualcosa lo addormentava, nonostante il riso degli americani, e nessun titolo nel giornale sembrava poterlo destare. Solo lo Zeitungsspanner, sfuggendogli dalle mani, lo stimolava: lo riprendeva con uno scatto, come se ritraesse un amo. E lo scivolio, nonostante l'attenzione al riserbo, gli scopriva il viso.

L'uomo si avvicinò senza che lei se ne accorgesse. Rassomigliava al primo avvocato. Del resto lo aveva detto: «Non ho nulla di particolare, solo una cartella gonfia di documenti».

«Avvocato Osermann? Non contavo quasi più di incontrarla».

«Mi scusi, è proprio una causa delicata». E appoggiò il fascicolo sul tavolino spostando il vaso. Da un astuccio trasse degli occhiali pieghevoli.

Katharina comprese; il discorso che doveva farle sarebbe stato involuto e sfuggente e ne avrebbe trattenuto solo cose che la ferivano. «E poi», pensò, «questo disporre le carte come per una dimostrazione dice quanto siamo lontani dalla soluzione».

«Signora Pollaczek», esordì alzando la voce, «ha un motivo preciso per credere che non si possa riflettere con più tranquillità su questo affidamento?».

«Io? Perché mi domanda questo? Vorrei che lei concludesse il lavoro lasciato sospeso dal primo avvocato». Nelle sue parole c'era fretta. «La prego, non c'è nulla da riflettere, non vedo perché ritardare l'udienza... E poi non farebbe buona impressione al giudice».

«Bene. Lei però si trova qui da qualche giorno, può aver pensato, può essersi incontrata...».

«Sì», lo interruppe, sentiva che la voleva confondere, «veniamo alla decisione».

«Ma perché», egli insistette, «questa sua avversione a che certe cose si risolvano secondo un loro tempo... e poi sarebbe necessario esibire un nuovo documento».

«Non voglio pensarlo», rispose, e in lei traspariva stanchezza. «Non le sembra che sia già passato molto tempo?».

«Comunque per ora», concluse l'avvocato, «non resta che attenersi a quello che il giudice intende e può disporre».

«Ah, è proprio questo che volevo sapere e che temevo», ella disse vivacemente ma le parole le suonarono staccate.

L'avvocato Osermann avvicinò la sedia, batté i fogli per ordinarli e lesse quei caratteri minuti, eguali, senza cancellature. Sottolineava alcuni punti come se fossero carichi di domande ma subito continuava senza aspettare obiezioni.

Quel testo che scorreva monotono nessuno l'avrebbe modificato.

Lo sguardo di Katharina Pollaczek si rivolse alle vetrate. A quell'ora rifrangevano il pulviscolo della prima nebbia.

Capitolo XIV

La stanza azzurra. Le porte e le finestre di un verde intenso. Il vento fuori forte e caldo, molto caldo.

«Se si ferma il vento...», le disse l'architetto algerino.

«No», rispose Katharina, «il vento non si ferma».

Aspettavano insieme nella notte. Volevano dormire. Poi la macchina corse veloce lungo strade rigonfie di ulivi. Non incrociava nessuna luce, le strade europee erano lontane. Si strinsero sotto un tendone bianco, immenso, come per un'antica rappresentazione.

«Fa sempre freddo la notte», disse l'architetto.

«Sì», mormorò lei come un'eco, «le notti africane...».

La cupola bianca oscillava tutte le volte che un aereo partiva.

«Il nostro è in ritardo», egli proseguì dopo un silenzio». «Comincia lentamente l'alba».

«L'alba è diversa... come un oblio».

Girò le spalle, la luce le pungeva le pupille.

Si avvicinarono all'aereo. Penetrante era l'odore di una macchia di alberi vicini.

Chilometri di deserto sotto l'ombra delle ali, irritazione della sabbia. Solo le valigie erano intatte, i vestiti europei erano le cose che rimanevano di loro.

Guardò nell'angolo il sacco grande immerso nella polvere, con noncuranza. Un passato vi era sepolto con la maglietta di ricambio nel fondo che non le riuscì di trovare.

«È un mondo senza volto», disse Katharina, volendo rompere il rumore monotono della macchina lungo la pista.

«Questa distesa è come il muro che si forza alla nascita e si cerca quando si muore. Una resistenza che permette di provare un dolore».

La guida, velata di panno scuro, sembrava non percepire le scosse. La sua testa era immobile. Solo, ogni tanto, si assicurava che la pelle di capra contenente l'acqua fosse intatta.

«Qualcuno può non sentirsi di attraversare il deserto nell'unica strada».

«È una strada dove le prospettive si incrociano, come raggi attraverso un prisma», rispose l'architetto.

«E se si prende una scorciatoia che devia?».

«Queste tracce sono invisibili, infinite... Ma non si sfuggono».

Si fermarono vicino a delle pietre scure accumulate senza ordine, un'isola in mezzo alla sabbia.

«Vedi», egli le indicò, «su alcuni di quei massi sono incise le prime scritture».

«Indefinite come queste tracce».

«Sì, solo in assenza di ogni riferimento potevano nascere dei segni».

Le pietre si facevano viola nella sera. I profili delle montagne serravano la scena dove rappresentare con l'animarsi delle ombre le loro leggende.

Lungo i margini degli arbusti dal fusto bianco e spoglio tentavano con le foglie verdi. Fece per sfiorarne l'invito. La guida gridò qualcosa per fermarla e l'architetto tradusse l'allarme:

«Sono piante velenose, se toccano gli occhi accecano. Anche gli animali se ne tengono lontani».

«Eppure è il legno che si usa per le capanne, gli steccati».

«Sì, non bruciano, rimangono bianchi, inalterabili».

Rivide lo stesso bianco negli occhi del vecchio che non riusciva più a guidare la carovana; un coagulo sotto le palpebre graffiate. I fruscii tra la sabbia nel buio erano più forti, toccavano il corpo come gli sguardi delle figure velate e ferme. Quelle vesti erano come sabbia, bisognava interrogarne la serie, trattenevano il segreto.

Al punto estremo della pista comparvero le case di terra rossa.

La superficie dei muri continui era graffita da una scrittura verticale. Pensò alle pietre scure. O forse semplicemente le linee incise mitigavano i riflessi del sole.

La sua voce ripeteva parole che poco prima lui aveva pronunciato in un arabo sottile come il vento. Le mani magre e lunghe, le nocche delle dita denunciavano la natura berbera.

«No, ti sbagli, è la mia voce, il mio arabo. Le mie mani sono come le tue, riconoscilo».

«Perché lo vuoi?».

«Non lo voglio, lo penso».

«Ma la tua pelle, io la sento, ha il profumo del deserto».

«Vuoi dire l'odore della sabbia», e sorrise.

La polvere, dietro la porta smeraldo, stava crescendo, o era l'ombra di quella pianta fuori di cui non conosceva il nome.

Gli occhi le scrutavano i seni caldi, la voce era davvero una cantilena berbera, di un fanciullo lontano. Rispose nella sua lingua, a lui incomprensibile.

La figura morbida passiva riprese per un attimo sembianze conosciute. Capiva quanto aveva assorbito, senza misura di tempo. E forse non esisteva, non era mai riuscito a esisterle accanto.

L'aveva nutrito. Ora una forza verde scardinava le pietre ben regolate. Il corpo dalla pelle di seta si staccava e lei ripensava i lineamenti corrosi, quel frammento che viveva nonostante la distanza con il dolore muto di una spina. Adesso sapeva essere libera, ascoltare la musica, assaporare i profumi, camminare. Il mare era stato oltrepassato, sentiva un corpo vicino.

Nel vento i fantasmi accoglievano l'invito e avvicinavano la casa di paglia vestita d'azzurro e di verde. Rispondevano tra le note delle chitarre e si allontanavano lungo le distese di sabbia. Lontane le città con i palazzi, i viali, le chiese dovevano assopirsi e anche in quelle atmosfere grigie qualche filo di sabbia si disegnava lungo le incrinature. Occhi glaciali avevano a lungo imposto il silenzio e ora non si vinceva l'inerzia, non si arrestava la trama di quelle smagliature. Obbedienze, rispetti, passi di danza. Procedure, udienze. Sguardi che scivolavano tristi oltre i punti definiti.

La sabbia calda trascinava le ultime cellule soffocate a germinare ancora ombre. E la rincorreva il vento senza sonno.

Bibliografia

Caffè Specchi ha ottenuto il Premio Viareggio Letteratura nel 1983.

Bibliografia particolare

N. Aspesi, (...), "La Repubblica", 3-4 luglio 1983.

E. Bartolini, *L'aggressione del passato tra specchi, mare e bora*, "Il Piccolo", 24 maggio 1983.

M. Bonanate, *Riflessi e atmosfere di un mondo scomparso*, "Famiglia Cristiana", 14-21 agosto 1983.

G. Bosetti, *Actualité du mythe d'origine austro-italien dans la 'narrativa'*, "Cahiers du Cercic", 3 (1984), 259.

S. Brasolin, *Triestinité de G.M. dans 'Caffè Specchi'*, "Cahiers du Cercic", 3 (1984), 241-249.

F. Castelli, *Il desolante gioco di specchi*, "L'Osservatore Romano", 2 luglio 1983.

R. Chiari, (...), "Il Messaggero", 2 luglio 1983.

B. Eckes, *Im Schmelztiegel der Kulturen, Die italienische Schriftstellerin G.M. zu Gast in der Zentralbibliotek*, "Kölnische Rundschau", 2 giugno 1984.

F. ESCOFFIER, *Gran "revival"*, "Il Gazzettino", 3 giugno 1983.

L. FARINA, (...), "Letture", agosto-settembre 1983, 625-626.

E. GADDINI, *Note su "Caffè Specchi" di G.M.*, in *Scritti 1953/1985*, Cortina, Milano 1989, 855-858.

A. GARGANO, *Ein Fall Franza in Italien*, "Il confronto letterario", 1991, 85-102.

E. GHIDETTI, *Lontane ormai le zingare slovene...*, "Rinascita", 16 settembre 1983.

S. GIOVANARDI, *Un cadavere per Katharina*, "La Repubblica", 19 aprile 1983.

G. GIUDICI, (...), "L'Espresso", 17 aprile 1983.

E. GUAGNINI, *Atti XVI conv. "La Battana" 1984. Storia e letteratura nel secondo dopoguerra*, "La Battana", Fiume 1985, a. 22, 13-21.

I.M., *Zur Lage der Frau. Italienische Autorin G.M. in Köln*, "Kölner Stadtanzeiger", 20-21 maggio 1984.

G. MANACORDA, *Il fantasma si chiama Austria*, "Il Tempo", 8 aprile 1983.

G. MANACORDA, *Das Gespenst heisst Österreich* (con brani tradotti da H. RIEDT: *Aus: Spiegel-Cafè*), Berlin 1985, 95, 102-115.

L. MIELKE, *Italiens "Mitteleuropäische" Autorin im*

Mitteleuropa unbekannt, "Literatur-Dienst", 11 aprile 1984.

R. MINORE, *Katharina a Trieste s'aggira nel disagio*, "Il Messaggero", 12 maggio 1983.

V. OLIVETTI BERLA, (...), "Noi Donne", agosto 1983.

N. ORENGO, *Nella città degli specchi la vita rimane invisibile*, "La Stampa-Tuttolibri", 30 aprile 1983.

W. PEDULLÀ – L. CANDUCCI, (...), "L'Avanti", 10-11 luglio 1983.

M. PERRIERA, *Nella città del vento*, "L'Ora", 8 luglio 1983.

F. PEZZATO, *Specchi inquietanti*, "Il Resto del Carlino", 28 aprile 1983.

P. PINTO, (...), "Il Popolo", 3-4 luglio 1983.

D. PORZIO, (...), "Panorama", 1 agosto 1983.

M. PRISCO, *Un gran parlare della città giuliana... un romanzo d'atmosfera di G.M.*, "Il Mattino", 9 aprile 1983.

M. QUARGNOLO, *Può accadere a Trieste, inquietante e ombrosa*, "Il Messaggero Veneto", 10 maggio 1983.

M. RAGO, *Tutta la vita in una sosta al celebre Caffè Specchi*, "Paese Sera", 1 maggio 1983.

M. ROMANO, (...), "Il Giornale", 3 luglio 1983.

U. RONFANI, *Una viaggiatrice senza bagagli all'interno della città labirinto*, "Il Giorno", 29 maggio 1983.

M. SABBATINI, *Voix de femmes*, "Journal de Genève", 8 aprile 1995.

K.P. SCHWARZ, *Katharina in der Kälte Mitteleuropas*, "Die Presse", Wien, 23-24 giugno 1984.

M. SPINELLA, *Si chiama Katharina l'angoscia di Trieste*, "L'Unità", 20 maggio 1983.

A. SPINETTE, *Dans les miroirs de Trieste*, "La Libre Belgique", 26 aprile 1996.

S. TIROLI, (...), "Pace e Guerra", 21 luglio 1983.

M. VANNUCCI, *A Viareggio, aria di Mitteleuropa*, "Il Tempo", 2 luglio 1983.

Bibliografia generale

P. BRAND – L. PERTILE (eds.), in *The Cambridge History of Italian Literature*, Cambridge University Press, Cambridge 1996, 601-602.

S. BRASOLIN, *Travail d'Etude et de Recherche consacrè à G.M.*, thèse Universitè de Grenoble, 1985.

G. BRAZZODURO, *Due note critiche (con una premessa di Elvio Guagnini)*, "Metodi e Ricerche", n.s., XIV, 2 (luglio-dicembre 1995), 13-26.

R. CREMANTE, *ad vocem*, in *Dizionario degli autori*, Bompiani, Milano 1989.

N. DUPRÉ, *Giuliana Morandini: una Mitteleuropa in*

frantumi, in *Stato e Frontiera: dalla mitteleuropa all'Europa unita?*, Atti del XII congresso A.I.P.I., Ratisbona 29-31 agosto 1996, Firenze 1998, 39-46.

E. GUAGNINI, *Giuliana Morandini: Outer and Inner Frontiers,* in AA.VV., *The new Italian Novel*, ed. by L. Pertile and Z. Baranski, Edinburgh Press, Edinburgh 1993, 139-150.

E. GUAGNINI, *Produzione letteraria italiana,* in *Friuli*, Enciclopedia Friuli Venezia Giulia, Ist. Enc. Friulana, Udine 1988, 407.

A. MANDEL, *Giuliana Morandini und ihre mitteleuropäische Trilogie*, Wissenschaftliche Arbeit für das Lehramt an Gymnasien bei prof. K. Heitmann, Romanisches Seminar der Universität Heidelberg, Frühjahr 1999.

R. MINORE, *Il gioco delle ombre*, Sugarco, Milano 1986, 127-129.

T. VERASANI, *La cultura tedesca nell'esperienza di una scrittrice italiana di confine: Giuliana Morandini*, relatore R. Cremante, tesi Università di Bologna, 1998-1999.

Edizioni e traduzioni

Una riedizione è stata curata da Mondadori – De Agostini per la collana "Grandi Premi della Letteratura Italiana" nel 1993.

Del romanzo sono state pubblicate varie traduzioni.

In lingua tedesca: *Caffè Specchi*, a c. di Heinz Riedt, con una nota di M. Freschi, Commedia & Arte, Verlag Bernd Mayer, Stuttgart 1987.

In lingua ungherese: *Tükör Kávéház*, a c. di Fehér Mária, K.u.K. Kiadó, Budapest 1994.

In lingua francese: *Cafè ou miroir*, a c. di Christian Viredaz, Editions Zoé, Genève 1995.

In lingua rumena: *Cafeneaua "La Oglinzi"*, a c. di Mara Chiritescu, Proteus, Bucarest 1995.

In lingua polacca: *Caffè Specchi*, a c. di Andrzej Zieliński, Ksiażka I Wiedza, Varsavia 1995.

In lingua inglese: *The Café of Mirrors*, a c. di Luisa Quartermaine, University of Exeter Press, Exeter 1997.

In lingua serba: *Ubistvo u Trstu. Kafe Ogledalo*, a c. di Dragan Mraovic, Dereta, Beograd 1998.

ARTI GRAFICHE
ANTICA PORZIUNCOLA
Cannara (Perugia)
Stampato in marzo 2003

MARIETTI 1820
6319